Paul Claes

Der Phoenix

Roman

Aus dem Niederländischen von
Marlene Müller-Haas

S. Fischer

Die Übersetzung wurde gefördert vom
Vlaams Fonds voor de Letteren

Die Originalausgabe erschien 1998 unter dem Titel
›De Phoenix‹ im Verlag De Bezige Bij in Amsterdam

Satz: S. Fischer Verlag GmbH, Frankfurt am Main
Druck und Bindung: Clausen & Bosse, Leck
Printed in Germany
ISBN 3-10-010219-3

Mors illi venus est, sola est in morte voluptas
Lactantius *Carmen de ave Phoenice*

Seine Lust ist der Tod, nur im Tode findet er Wollust
Laktanz *Das Lied vom Vogel Phoenix*

Die Wiedergeburt

Inmitten des noch düstren Hains erblicke ich eine Frau vor mir. Still steht sie da und sinnt, unbewegt vom Gewimmel der Gestalten um sie her. Abwesend richtet sich ihr Blick nach innen, als sei alles um sie nur ein Schatten des Traums, den sie als Frucht in sich trägt, obwohl er hinter ihr bereits als Baum emporragt.

Wer ist sie? Sie ist jung und dennoch zu reif, um als Mädchen zu gelten, sie ist eine Frau, doch zu zart, um schon Mutter zu sein. Über ihr Haupt und die Schultern lege ich diesen silbernen, wie ein Jungfernhäutchen durchscheinenden Schleier, der sie unnahbar macht wie die Madonna. Ihr Busen, den ich sanft hebe und mit Bändern teile, verheißt die milden Brüste der Matrone. Zwischen ihnen lockt, an der goldenen Fessel ihrer Halskette, die Quitte der himmlischen Liebe.

Bis auf den Spann fließt in sich kräuselnden Falten das milchbleiche Gewand, mit dem ich den fremden und doch so vertrauten Körper verhülle wie entblöße. Am Oberarm schnüre ich die Ärmel zusammen, bausche sie hoch und rolle sie bis zum Ellbogen auf, so geben sie den Blick frei auf die Ärmel des eng anliegenden Hemdes. Züchtig behütet eine schwarze Biese mit goldenen Flammen den Hals.

Über den rechten Arm drapiere ich den Mantel, den sie mit den gespreizten Fingern ihrer Linken unter dem Schoß rafft. Über dem kaum gebändigten Brokat schwillt verheißungsvoll der Peplos. Ihre Rechte wird sich in einer fast abwehrenden Gebärde, die auch ein Segnen sein kann, erheben. Ist sie noch Jungfrau, die scheu ihre Scham bedeckt, oder schon Mutter, die stolz ihre Schwangerschaft trägt?

Mit einer Perlenborte säume ich den Mantel, purpurn glühend wie der einer Fürstin. Aber das mit Gold gehöhte Sinopel des Futters verrät die Göttin der blühenden Wälder und smaragdgrünen Wogen. Sind deshalb ihre Sandalen kaum mehr als hauchdünne Sohlen, die ich ihr mit zarten Maschen um die Füße schnüre?

Am wunderbarsten ist ihr Haupt. Vom Haarschleier kaum behindert, lasse ich ihr die göttlichen Locken blond auf den Rücken fallen. Unter der erhabenen Stirn, den ausgedünnten Brauenbögen und halb geschlossenen Lidern schimmert ernst und doch sanft ihr Auge, das sieht, was bald schon geschieht.

Um dieses zur Seite geneigte Antlitz fächert sich wie ein Strahlenkranz ein grüner Myrtenbaum auf. Dicht über seiner Krone schwebt mit goldblonden Ringellocken, flaumigen Flügeln und molligen Schenkeln ein nacktes Kind heran mit einem flammendroten Köcher am eisweißen Gehänge. Die Augenbinde im selben Weiß wird diesen Schützen nicht hindern, den doppeltgehörnten Bogen anzulegen: Mein feuriger Liebespfeil zielt geradewegs auf drei Frauen, die auf der blumenübersäten Wiese einen Reigen tanzen.

Still, fremd und innig tanzt dieser Dreiklang von Glück, Glanz und Blumenflor. Ich verbinde die Hände der Tanzenden zu Gliedern einer Kette und fessle so eine an die andere, das nachfolgende Paar an das vorherige und das letzte wiederum an das erste. So windet sich die Schlange von der einen zur anderen und beißt sich auf ewig in den Schwanz.

Anmutig lasse ich das erste Mädchen innehalten: Ihre Fußspitzen streifen das dunkelgrüne Gras, ohne den Boden zu berühren. Im wilden und doch beherrschten Wogen des durchscheinenden Gewandes schimmert wie ein bleiches Gewächs der Körper. Bis zu den weißen Zweigen hebe ich die gebogenen Arme, deren Finger sich mit denen ihrer Gesellinnen verflechten. Ihre rechte Hand lasse ich bis zu den Lippen emporranken, aber die Linke flattert noch höher, so dass ich sie kaum mit den Fingern ihrer Freundin erreichen kann.

Unter dem zarten Hals glitzert eine Brosche wie ein Blütenkranz aus Gold und Perlen. Wie Flammen flechte ich ihr dunkelblonde Locken um das versonnene Antlitz. Träumerisch wandert ihr Blick zu dem Mädchen rechts neben ihr, ohne es wirklich zu sehen. So gleicht sie der sinnenden Göttin, der Lenkerin dieses erhabenen Spiels. Sie bekommt das gleiche eirunde Gesicht, die hohe Stirn, die Mandelaugen, die lange Nasenlinie, die geschlossenen Lippen, den gleichen durchsichtigen Teint. Aber sie wird noch versunkener, noch züchtiger, noch unnahbarer. Flüchtig wie die Luft und ungreifbar wie das Wasser wirkt sie, doch wo ihre Schritte die Erde küssen, sprießen feurig die Blüten auf.

Zu ihrer Linken reckt sich ein zweites Mädchen nach ihrer erhobenen Hand und blickt voll Verlangen auf dieses Bild der Verbundenheit. Auch sie hülle ich in Schleier aus Gaze, die ihre flatternden Ärmel üppiger und das Goldfiligran des Mieders reicher erscheinen lassen. Verliebt lege ich ihr den Zierrat aus drei Perlen und einem Saphir um den Hals und flechte mich mit der Perlenschnur in ihre krausen Locken. Sie wird reifer, fraulicher, stolzer als ihre beiden Freundinnen. Dennoch finde ich in ihrer anmutig gebogenen linken Hand die Finger des nachfolgenden Mädchens.

Anders als ihre Schwestern dreht das dritte Mädchen ihnen und mir den Rücken zu. Ihr Gewand fällt am ruhigsten. Oben ist es von der linken Schulter geglitten und enthüllt am umgeschlagenen Saum, besetzt mit opalfarbenen Tropfen, ihre durchscheinende Haut. Die Locken, weniger schwingend und blond als die ihrer Gesellinnen, ziehe ich in einem fast braunen Knoten in den Nacken. Neugierig wandert ihr Blick nach links, parallel zu dem des ersten Mädchens, das zu ihr hersieht, ohne sie wahrzunehmen. Dort steht der Jüngling, er wendet sich von den drei Tanzenden ab, um in die Wolken zu spähen. Aber das dritte Mädchen weiß noch nichts von dem flammenden Pfeil, den ich durch die Hand des schwebenden Kindes auf ihr Herz richte.

Die drei Mädchen vereinen sich zu einem Körper. Drei Armpaare bilden einen sich hebenden und senkenden Kranz, immer wieder verbindet sich eine linke mit einer rechten Hand, immerfort neu verflechten sich Finger. Die Hände des ersten und des zweiten Mädchens halten hoch über dem Kopf der Jüngsten eine Krone, die Arme des dritten und des ersten Mädchens begegnen sich in Augenhöhe, die Finger des zweiten und des dritten beschützen den Schoß der Ältesten.

Sechs Füße zeigen in verschiedene Richtungen: Die erste Nymphe tanzt noch den Reigen, die zweite bleibt jählings stehen, die dritte wendet sich schon in die andere Richtung. Alle sind gleich und doch verschieden: Zusammen bilden sie einen Knoten von Gegensätzen, flirrend vor Bewegung, Stillstand und Verschiedenheit, ewig zaudernd zwischen Zurückhaltung, Verlockung und Lust. Ist dieser Reigen ein Tanz der Liebe oder ein Tanz des Todes? (Wo bist du, Simonetta? Komm zu Sandro zurück, der dich malt.)

Aber auf der anderen Seite der Frau im Hain stelle ich mir eine weitere Dreiheit als Gegenstück zur ersten vor. In einem ähnlich wallenden Gewand versucht ein Mädchen eilends der schwebenden Gestalt zu entwischen, die ihr zwischen den zurückschnellenden Zweigen nachstellt. Blonde Strähnen hängen ihr wirr ums Gesicht, das sich furchtsam umschaut, ohne die Augen des Unholds sehen zu können. In Todesangst spreizen sich ihre Finger wie Zweige.

Der Verfolger muss ein überirdisches Wesen sein, denn im Gegensatz zu den anderen ist seine Gestalt leichenblau. Sein halb nackter Körper, die mächtigen Schwingen und das flatternde Gewand wirken metallisch. Die zergrübelte Stirn verrät, wer er ist. Mit aufgeblähten Wangen und sich bauschender Schleppe weht aus dem Westen der Frühlingswind heran. Seine Hände fassen das furchtsame Mädchen unter den Armen, um sie als Geliebte mit sich zu führen. Wie werde ich sie retten?

Aber sieh nur: Aus dem zum Schrei geöffneten Mund des Mädchens wächst ein Blütenzweig. Hundertfach entfaltet sich die gleiche Blüte auf dem weißen Kleid der vor ihr her tanzenden Frau. Diese blühende Göttin hat denselben beschwingten Schritt wie die erste der drei Nymphen. Sie ist dieselbe und doch nicht dieselbe Frau, die hinter ihr in ihrem durchscheinenden Schleier erstarrt. Gewiss hat der Wind sie mit seinen Liebesseufzern befruchtet, denn schon bestreut sie den Wiesenteppich mit einer Fülle farbenprächtiger Juwelen: Iris, Anemonen, Kornblumen, Hyazinthen.

Diese strohblonde Frau hat den stolzen Blick einer Bauernbraut. Ich stecke ihr Frühlingsblumen ins Haar, lege ihr einen grünen Kranz um den Hals und flechte frisches Laub unter ihre Brüste. Über und über säe ich verschwenderisch Blüten auf ihr weites Kleid. Ihre Rechte greift in den Rockschoß, den ihre Linke aus dem flatternden Stoff formt. Darüber wölbt sich ihr schwerer Leib. Nur aus Keuschheit und Leidenschaft erwächst Schönheit.

Wie bringe ich dieses Dreigestirn mit dem anderen in Verbindung? Die drei Mädchen sind Grazien, reine Jungfrauen, schwesterlich vereint. Die Dritte richtet ihren Blick auf den Mann und hofft, er möge sie bemerken und aus diesem Kreislauf der Gleichheit erlösen. Ist sie es nicht, die auf der anderen Seite vom Windgott ergriffen und geschwängert wird? Dann ist es auch sie, die als Blüte aus dem Körper des Mädchens erwächst, um errötend in der Braut im Blütenkleid wiedergeboren zu werden. Aber schon bald werden sich alle drei in die Mutter der Liebe verwandeln, die wehmütig jedem Mädchen ihren Segen gibt, in dem sie ihre jüngere Schwester erkennt.

Sind die weiblichen Gestalten dieser Szene ihre jeweiligen Ebenbilder? Dann könnten es die männlichen Gestalten ebenfalls sein. Und der Jüngling, der jetzt noch den dreien den Rücken zeigt, wäre ein und derselbe wie das zarte Kind, das zuvor bereits den Liebespfeil angelegt hatte, und derselbe wie der Westwind, der gleich die fliehende Nymphe schänden wird.

Wie diese beiden wird auch der Jüngling zum Gott. Ich kleide ihn als Bräutigam in einen karminroten Mantel, übersät mit goldenen Funken, und er erhält die Flügelschuhe des Götterboten. Seine linke Schulter entblöße ich ebenso verführerisch wie die der verliebten Nymphe. An seine Seite hänge ich das Krummschwert, das er zur Vernichtung jedes versteinernden Blickes zückt. Die Linke in die Hüfte gestützt, streckt er mit der Rechten den Schlangenstab empor und vertreibt die Wolken, die eben noch die Wipfel umschwebten.

Hermes, denn er ist es, geleitet die geflügelte Seele kraft der Vernunft in den Himmel. Um die Mysterien zu offenbaren, durchbohrt der Philosoph den Schleier unserer finsteren Unwissenheit und lässt wie die göttliche Sonne den Glanz der Wahrheit auf die Erde scheinen. Sein Stab ist der Pinsel, der die mannigfaltigen Bilder formt, in denen ich, der Maler, die eine Idee verberge, und er ist die Feder, mit der er, der Autor, die dunklen Worte niederschreibt, die das Geheimnis der göttlichen Weisheit vor deinem forschenden Blick, o Leser, wahren.

Der heilige Hain ist dunkel wie die Myrtenwälder der Unterwelt, aber in den Frühlingsbäumen schimmern schon die goldenen Äpfel der Liebe.

Das Totenbett

Ohne Aufenthalt eilte Graf Giovanni Pico della Mirandola, Prinz von Concordia, zum Hochamt, ihm auf den Fersen der keuchende Schatten seines Sekretärs. Noch dichter als an anderen Sonntagen drängten sich die Gläubigen vor den Bronzeportalen der Kathedrale. Was würde der Predigermönch von Ferrara heute über die Furie prophezeien, die von Norden her anrückte?

Der Würfel war gefallen. Vor einem Monat war der französische König Karl VIII. in Italien eingefallen. Vor vierzehn Jahren hatte sein Vater das Königreich Neapel geerbt und noch immer regierte dort der spanische Usurpator. Heute forderte der Sohn mit Waffengewalt die Rechte seines Vaters ein. Um jedoch den Bastard aus Aragon vom Thron stoßen zu können, musste er zunächst das Labyrinth von Herzogtümern, Grafschaften und Stadtstaaten durchqueren, das hinter dem weißen Wall der Alpen auf ihn wartete.

Zwietracht bringt Ohnmacht. Auf der Halbinsel schloss und löste man Bündnisse ebenso leicht wie Liebschaften. In der Rivalität seiner Feinde lag die Chance des Königs. Hatte der hellseherische Dominikaner nicht prophezeit, dass der Krug Italiens bald in tausend Scherben bräche?

Kaum hatte Ludovico il Moro nach der Mailänder Herzogskrone gegriffen, da stiftete er den französischen König zu seinem waghalsigen Feldzug an. Während die Condottieri immer wieder einnickten, wandte der Doge von Venedig heiter den Blick ab. Drei Monate lang unterstützte Papst Alexander VI. Borgia den neuen Herzog im Norden. Dann verlobte er seinen vierzehnjährigen Sohn mit der Tochter des Königs von Neapel. Falls der Kirchenstaat seine Grenzen schloss, würde das Schachspiel von neuem beginnen. Im Hintergrund drohte der französische König mit seinen Geschützen. Noch ein Bollwerk versperrte den Weg in den Süden: Florenz.

Pico della Mirandola war dem noch unmündigen König vorgestellt worden, als er vor neun Jahren an der Sorbonne begann, Theologie zu studieren. Der zweiundzwanzigjährige Student und der fünfzehnjährige Monarch musterten die scharfe Nase ihres Gegenübers und begriffen, dass sich Macht und Verstand gefunden hatten wie Zeus und Hermes.

Keine drei Jahre später musste der König seinen neuen Freund vor den päpstlichen Inquisitoren schützen. Als Lorenzo de' Medici anschließend Graf Pico die Gastfreundschaft seines Landes anbot, jubelte der Philosoph Ficino: »Freue dich, dass du Florentiner werden darfst.« Heute war das mehr denn je die Frage. König Karl VIII. stand mit achttausend französischen Rittern, fünftausend Kreuzbogenschützen aus der Gascogne und dreitausend deutschen Hellebardenträgern vor Genua. Der Weg nach Florenz lockte. Was hatte Piero de' Medici vor? Zwei Vettern von Lorenzos ungeliebtem Sohn und Nachfolger hatten sich bereits auf die Seite des Königs geschlagen. Für wen sollte sich Pico entscheiden? Für den Franzosen oder für den Florentiner?

In der Menschenmenge vor der Kathedrale verlor der brave Sekretär Cristoforo di Casalmaggiore seinen Herrn endgültig aus den Augen. Pico suchte rasch einen Platz in der Nähe des Vorhangs, der die Männer von den Frauen trennte wie die Böcke von den Schafen. Hier labte er jeden Sonntag seine Seele an den Worten des Predigers.

Stechender Weihrauchgeruch überlagerte den Qualm der Talgkerzen und den schalen Duft der Blumen. Das Hochamt begann. Überirdisch füllte ein Chor wie von Engelstimmen die Kuppel des Doms. Vergeblich suchten Picos schwache Augen nach Angelo. Möglicherweise stand der Domherr draußen auf dem Platz, wo noch Hunderte von Fanatikern nach der Predigt schmachteten.

Nach der Lesung des heiligen Evangeliums gab die Sakristeitür nach. Ein weißschwarzer Schatten huschte zur Kanzel. Der Mönch stieg die Stufen hinauf und schlug seine Mantella zurück. Die starken Brauen, die azurblauen Augen und die fleischig rote Unterlippe machten sein Antlitz noch bleicher. Heute, am 21. September 1494, das wusste Pico, feierte sein Freund den vierzigsten Geburtstag.

Später erinnerte er sich, wie ihm ein Schauder über den Rücken gelaufen war und sich seine Nackenhaare aufstellten, als der Dominikaner in Kirchenlatein die Homilien zu lesen begann. *Ecce ego adducam aquas diluvii super terram.* Siehe, ich bringe eine Sintflut über die Erde, um alles Lebendige vom Erdboden zu tilgen. So sprach der Herr und verkündete den Untergang seiner eigenen Schöpfung.

Einst hatte es einen Tag gegeben, an dem es den Herrn reute, den Menschen erschaffen zu haben. Er hatte zu Noah gesagt: »Das Ende alles Fleisches ist bei mir beschlossen.« Solch ein Tag war nun wiederum angebrochen. Bedrohten die Heere der weißen Lilie nicht die Stadt der roten Lilie? Näherte sich nicht ein neuer Cyrus dem Sündenbabel von Florenz?

Frauen schluchzten, Männer seufzten. Eine Handbewegung des Dominikaners genügte, die aufgewühlten Wogen unter ihm zu beruhigen. Der Herr strafte, und der Herr rettete. Hatte der Herr nicht dem Patriarchen befohlen, ein Schiff zu bauen und mit Weib und Kindern dort hineinzugehen? Und heute sollten die wenigen verbliebenen Gerechten wiederum eine Arche bauen und sich darin verbergen, wenn der Herr aufs Neue die Schleusen des Himmels öffnete, um diese Stadt mit all ihren Bewohnern zu verderben.

Die Menge flehte um Gnade. Der Wellenschlag ihres Glaubens riss Pico mit. Er wusste, dass sein Freund in die Zukunft sehen konnte. Vor wenigen Jahren hatte er in der Kapelle von San Marco das Ende von drei Mächtigen der Erde prophezeit. Keiner ihrer Sterndeuter hatte geahnt, was der Prophet von Ferrara vorhergesehen hatte: Kurz nacheinander waren Lorenzo de' Medici, Papst Innozenz VIII. und König Ferrante von Neapel gestorben.

Der Graf dachte an seinen eigenen Tod. Drei Astrologen hatten ihm das Horoskop gestellt. Alle drei hatten prophezeit, er werde wie der Heiland im dreiunddreißigsten Jahr sterben. Behielten sie Recht, dann blieben ihm noch zwei Jahre. Aber die florentinische Sibylle, Camilla Rucellai, hatte in seiner Hand gelesen, dass er einmal wie sein Freund Fra Girolamo Savonarola, der Prediger von Ferrara, in den Dominikanerorden eintreten werde. Könnte er sein Leben verlängern, indem er seine Berufung hinauszögerte? Den Grafen schauderte ob seiner ketzerischen Gedanken: Kein Mensch darf den Herrn versuchen. Aber legten nicht auch die Weissagungen seines Freundes der Freiheit Gottes die Zügel an?

Als er nach Hause zurückkehrte, hörte Pico, Angelo Poliziano liege krank in seiner Villa. Eine Woche darauf erhielt er die Nachricht, das Fieber sei plötzlich gestiegen. Am Montag ritt er in der Septembersonne, die sich rot durch die Wolken schob und die Wipfel der Zypressen versengte, spornstreichs zu der kleinen Stadt hoch über Florenz.

Pico dachte an ihren gemeinsamen Gönner. Vor zwei Jahren hatte der gichtgekrümmte Lorenzo de' Medici die Unruhe der Stadt gegen die Ruhe der Villa di Careggi eingetauscht. Dort wollte er mit seinen Freunden von der Platonischen Akademie über die Unsterblichkeit der Seele diskutieren, wie es Sokrates vor zweitausend Jahren in seinem Kerker getan hatte, bevor er den Schierlingsbecher trank, der ihn vom Leben genesen ließ.

Am 7. April saß Poliziano weinend am Krankenlager ihres Gönners. Als Lorenzo fühlte, wie sein Atem schwächer wurde, ließ er die Luft aus seinem Siegelring entweichen. Er bestellte Pico zu sich und entschuldigte sich, dass er ihn aus seiner Arbeit gerissen habe, aber, erklärte er, das Sterben werde ihm im Beisein seiner

Freunde leichter werden. Scherzend fügte er noch hinzu, dass ihm der Tod leider nicht mehr die Zeit gönne, ihrer beider Bibliotheken auszulesen. In derselben Nacht starb er mit vierundvierzig Jahren. Am Ende desselben Jahres entdeckte der Genueser Kolumbus die Neue Welt. Mit einem Schlag war die hiesige Welt alt geworden.

Im nächsten Jahr starben zwei von Giovannis Lehrmeistern: der Hebraist Elia del Medigo und der Hellenist Ermaolo Barbaro. Letzterer, ein venezianischer Patrizier, der Patriarch von Aquileja geworden war, hatte als Humanist seinen Spott mit Picos Schwäche für die Scholastiker getrieben. Bestürzt über die drei Todesfälle hatte der Graf vor einem Jahr sein Testament gemacht. Einer seiner Zeugen war Poliziano, den Ermolao noch in die Geheimnisse von Aristoteles' *Poetica* eingeweiht hatte.

Angelo Polizianos Villa in Fiesole war ein Geschenk Lorenzo de' Medicis. Er hatte dem Prächtigen bei dem Anschlag in San Lorenzo das Leben gerettet, indem er die Tür der Sakristei vor den heranstürmenden Meuchelmördern zuschlug. Das Landgut lag zwischen Bäumen verborgen in einem Bergtal, in der Nähe einer sprudelnden Quelle; im Winter wurde es von der Sonne verwöhnt und im Sommer von einer Brise aus den Bergen gekühlt. Oft suchte der Gelehrte den Dichter im Tempetal auf. Seinerseits lud er jenen ein, mit ihm in Querceto, seinem eigenen Eichenwald, das immer karge Mahl zu teilen.

Als sich Pico melden ließ, kam ihm Polizianos Verwalter Francesco entgegen, umarmte ihn und flüsterte ihm ins Ohr, der Kanoniker sei am Morgen entschlafen. Pico ließ ihn los und starrte ihn an. Wie war es geschehen? Der grauhaarige Mann mit den rotgeränderten Augen erzählte mitfühlend, sein Meister sei nach Lorenzos Tod schwermütig geworden. Die Melancholie habe noch zugenommen, nachdem ihm der Papst den Kardinalshut verweigert hatte. Vor anderthalb Wochen sei er an einem unbekannten Fieber erkrankt. Sein Leibarzt hatte verzweifelt mit ansehen müssen, wie das Fieber zum Delirium wurde. Nicht mehr bei Sinnen hatte der Sterbende gerufen, dass ihn sein Feind gefunden habe. Kurz vor seinem Ende habe er einen Frauennamen gerufen. Welchen Namen? Simonetta.

Der Graf wurde von einem Mädchen mit frischen Bauernwangen zum Sterbezimmer geführt. Obszön ragte die Nase des Vierzigjährigen aus den Laken empor. Hier lag der größte Dichter des Jahrhunderts: Der neue Homer hatte in seiner toskanischen Muttersprache ebenso glänzende Verse geschrieben wie in Griechisch und Latein.

Pico konnte sich nicht zurückhalten, zum Bett zu gehen und einen langen Kuss auf die blauen Lippen seines Busenfreundes zu drücken, der sich selten lobend geäußert, aber umso öfter die Wahrheit gesprochen hatte. Als Pico ihm seine selbstverfassten Liebesgedichte schickte, hatte Poliziano geantwortet, einige davon besäßen noch nicht senatorialen Rang. Der Graf verstand die Kritik und übergab seine Sammlung *Amores* den Flammen. Angelo tröstete ihn mit den Worten, Giovanni sei zwar kein Dichter, aber zweifellos der größte Denker seiner Zeit: Daher dürfe er seinen Namen, Pico, der Specht, in Phoenix ändern.

Der Verwalter bot dem Grafen an, die Nacht in der Villa zu verbringen. Pico dankte ihm für die Freundlichkeit, ritt jedoch wie im Traum in der aufkommenden Dunkelheit zurück ins Arnotal. Vorgestern war Baccio Ugolini gestorben und drei Wochen zuvor Matteo Franco. War es eine Epidemie? Und warum hatte der Dichter den Namen Simonetta Vespuccis gerufen? Die Venus von Florenz war in der Blüte ihrer Jugend vergangen, verewigt von jedem Künstler, im Gedächtnis eines jeden Liebhabers der Stadt bewahrt. Selbst Poliziano musste in sie verliebt gewesen sein. Deshalb hatte er einst seinen *Orfeo* geschrieben: um sie wie der griechische Sänger Orpheus mit seinem Saitenspiel wieder aus dem Tal der Schatten zurückzurufen. Vielleicht war er heute gestorben, um sie wiederzusehen.

Die Predigt

Angst und Hoffnung wechselten seit mehr als einem Monat in der Stadt. Inzwischen waren die neapolitanischen Truppen bei Rapallo aufgerieben, aber das französische Heer hatte noch immer keinen einzigen Schuss auf die Florentiner Festungsanlagen abgefeuert. Zeigte Gott etwa Mitleid mit seinem Volk? Die Botschaft kam, der Herzog von Mailand habe den Sieger mit gebührendem Prunk und Pomp in die Stadt geleitet. Später verbreitete sich das Gerücht, König Karl VIII. sei erkrankt und komme nun in Asti wieder zu Kräften, der Stadt, die einst die Mailänder Sforzas dem französischen Valois als Brautschatz geschenkt hatten.

Polizianos Tod hatte Pico tief bewegt. Am Tag nach seinem Ritt zur Villa war er selbst so unpässlich geworden, dass auch er das Bett hüten musste. Aber wie sehr ihn die Trauer um den Freund auch betäubte, dem Grafen kamen dennoch beunruhigende Gerüchte zu Ohren. Cristoforo hatte von einem Mitglied der Signoria erfahren, Piero de' Medici sei angeblich bereit, die Festungsanlagen preiszugeben, falls der König die Stadt verschone. Wollte er etwa mit Hilfe der Franzosen seine untergrabene Autorität in Florenz wiederherstellen?

Lorenzo de' Medici pflegte zu sagen: »Ich habe drei Söhne: einen vernünftigen, einen guten und einen wankelmütigen.« Leider war der Letzte der Erstgeborene. Piero hatte für das Latein und Griechisch seines Hauslehrers Poliziano niemals wirklichen Eifer an den Tag gelegt, dafür umso mehr für das Ballspiel und den Turnierplatz. Nun, da die Macht in seinen Händen lag, verdeckte der Schwächling seine Unsicherheit durch Tyrannei.

Das Allerheiligenfest ließ die Menschenmassen bereits im Morgengrauen zum Hochamt drängen. Weil der Dom die vielen Tausende nicht fassen konnte, hatte man vor dem Portal eine Kanzel aufgebaut, von der aus der Pfarrer das Wort ergriff. Wieder kündete er auf Lateinisch das Thema seiner Predigt an: *Poenitentiam agite: appropinquavit enim regnum caelorum.* Tut Buße, denn das Himmelreich ist nahe.

Mit diesem Aufruf hatte der Erlöser im Heiligen Land zu predigen begonnen. Fra Girolamo, das wusste der Graf, sah im französischen König den Befreier, der mit einem neuen Kreuzzug die heidnischen Türken aus Palästina vertreiben würde.

Pico erstarrte, als Savonarolas erste Sätze über den Platz schallten: »Geliebte im Herrn, Gott hat den Menschen in seiner Schöpfung zwischen zwei Pole gestellt: den Himmel und die Hölle. Weil der Himmel der Inbegriff alles Guten ist und die Hölle der Inbegriff alles Bösen, muss der Mensch seinen Geist erheben und mit Gottes Hilfe dem Himmel näher kommen, wo ihm alles Glück bereitet wird, statt ein schlechtes Leben zu führen und so zur Hölle zu fahren, wo alle Schrecken auf ihn warten. Leider ist der Mensch dem Mittelpunkt der Erde näher, wo die Hölle liegt, als dem Himmel, wo die Glückseligen wohnen.«

Der Bußprediger beschwor alle, mit ihm zusammen in die neue Arche zu steigen. Seine heisere Stimme schrie der Stadt zu: »Florenz, lass dich nieder am Gestade deiner Sünden. Weine, und lass deine Tränen zu Flüssen anwachsen. Du weißt, dass ich dir tiefe Trauer prophezeit habe, viele Jahre bevor von diesem Krieg die Rede war, der jetzt auf der anderen Seite der Alpen entbrannt ist. Du weißt auch, dass noch keine zwei Jahre vergangen sind, seit ich dir gesagt habe: Das Schwert des Herrn hängt über der Erde! Nicht ich habe dies vorhergesagt, sondern Er.«

Plötzlich wandte er sich den ersten Reihen seiner Zuhörer zu: »Priester, hört auf meine Worte! Geistliche, Prälaten der Kirche Christi, entsagt den Privilegien, die ihr nicht verdient. Entsagt dem Prunk, den Gastmählern und Gelagen, die ihr so oft abhaltet. Ich sage euch, entsagt euren Buhlweibern und Lustknaben, denn die Stunde der Buße ist da.

Ihr Wollüstigen, zieht an ein härenes Kleid und tut Buße, denn es ist Zeit. Und ihr, die ihr eure Häuser füllt mit eitlem Tand, mit schamlosen Bildern und schändlichen Schriften, wie die *Morgante* und andere gottlose Dichtungen, bringt sie zu mir: Gemeinsam wollen wir sie dem Feuer übergeben – Gott zum Opfer.

Florenz, Florenz, Florenz! Um deiner Sünden, deiner Grausamkeit und Habsucht, deiner Unzucht und deines Hochmuts willen wird noch viel Leid und Unheil über dich kommen!«

Die Bußpredigt endete mit einem Bittgebet an die Heiligen im Himmel, die an diesem hohen Kirchenfest gefeiert wurden: »O glorreiche Heilige, ich bitte euch inständig, verwendet euch beim Herrn für dieses Volk. Und dich, o Herr, der uns heute an diesem Festtag mit dem süßen Wein der Reue gelabt hat, dich bitte ich, diesem Volk aus der Tiefe deiner Barmherzigkeit Gnade zu verleihen, auf dass es dich erkennen und seine Sünden sühnen möge durch das Verdienst deines Leidens und Sterbens, durch die Fürbitte der heiligen Mutter Maria und all deiner Heiligen, der Cherubime und Seraphime, all deiner heiligen Engelchöre und all der himmlischen Heerscharen. Wende ab das Unheil von deinem Volk und lass lieber mich zum Lügner werden, als dass deine Ehre befleckt werde, o Herr, der gepriesen sei von Ewigkeit zu Ewigkeit. Amen.«

Während sich Pico wieder zu seinem Haus in der Nähe der San Giacomo-Kirche sputete, glühten Savonarolas Worte noch in seiner Seele nach. Neben ihm murmelte sein Sekretär unablässig Dankgebete, weil der Herr diesen wunderbaren Prediger nach Florenz gesandt hatte. Schließlich konnte sich der Graf nicht länger beherrschen. Er blieb stehen und sagte: »Aber Cristoforo, hast du nicht gehört, dass alles, was Fra Girolamo sagte, gegen mich gerichtet ist?«

»Gegen Euch, Monsignore?«

»Wie fing die Predigt denn an?« Der Sekretär, der bei weitem nicht das Gedächtnis seines Herrn besaß, schüttelte den Kopf.

»Er sagte, dass der Mensch sich hier auf Erden zwischen Himmel und Hölle befinde, er aber der Hölle näher sei als dem Himmel«, paraphrasierte Pico.

Der brave Cristoforo sah seinen Herrn zweifelnd an.

»Das war ein offener Angriff auf mich. Am Anfang meiner *Würde des Menschen* sage ich, dass Gottvater den Menschen in die Mitte des Weltalls gestellt hat. So kann er aus freiem Willen entscheiden, ob er in die Niederungen des Bösen hinabsteigt oder sich durch die Kraft der Liebe zum Höheren emporschwingt.«

»Habt Ihr ihn nicht missverstanden?«

»Ich kenne Girolamo seit langem. Er ist nicht der Mann, der einen Freund schonen würde. Er macht mir zum Vorwurf, dass ich letztes Jahr meine *Neunhundert Thesen* von Ketzerei habe freisprechen lassen.«

»Hält er Euch für einen Ketzer?«

»Er verzeiht mir nicht, dass es Papst Alexander war, der mich vom Vorwurf der Ketzerei freigesprochen hat. Seiner Ansicht nach hat es im Lauf der Jahrhunderte viele unwürdige Päpste gegeben, aber nicht einer von ihnen sei so sündig gewesen wie dieser Spanier, der sich vor zwei Jahren die Tiara gekauft hat.«

»Gekauft?«

»Mein Bruder Antonio Maria ist Befehlshaber der Palatinischen Garde. Er hat mir erzählt, dass nur fünf der dreiundzwanzig Kardinäle im Konklave die Bestechungsgelder der Kandidaten abgelehnt haben. Dieser Neffe von Papst Calixtus III. ist der fleischgewordene Nepotismus, Simonie und Scheinheiligkeit.«

Pico schwieg plötzlich. Und wie scheinheilig war er? Hatte der Papst ihm seinen Irrglauben vergeben, weil er von seiner Unschuld überzeugt war oder weil er jeden Verbündeten für seine politischen Ränkespiele brauchen konnte? Für seinen Machtkampf verpfändete dieser Borgia sogar seine eigenen Kinder, trotz ihrer jungen Jahre. Aus diesem Grund war Giovanni jetzt Herzog und Cesare Kardinal. Aus diesem Grund hatte er Giuffré mit der Tochter des Königs von Neapel verheiratet und die zwölfjährige Lucrezia, die bei den Audienzen noch auf seinen Schoß kletterte, mit dem Witwer Giovanni Sforza. Aus diesem Grund wollte er, der spanische Stier, noch weitere Kinder. Bei seiner Inthronisation im Vatikan hatte er sich eine neue Mätresse genommen, Giulia. Die Gattin Christi, spotteten die Römer.

»Was trübt Euren Blick, Monsignore?«

»Hast du nicht gehört, was der Frate gesagt hat? Er will alle ketzerischen Bücher verbrennen lassen.«

»Habt Ihr etwas zu befürchten?«

»Ich nicht, aber umso mehr die Bibliothek von Cosimo und Lorenzo, die jetzt im Kloster von San Marco untergebracht ist. Wer wird entscheiden, welches Buch ketzerisch ist und welches nicht? Kennst du die Geschichte vom Kalifen Omar und der Bibliothek?«

Beim Weitergehen erzählte Pico: »Als Omar Alexandrien erobert hatte, musste er entscheiden, was mit der Bibliothek der Stadt geschehen sollte. Er argumentierte folgendermaßen: Entweder steht alles, was in diesen Büchern zu finden ist, im Koran; dann sind sie überflüssig. Oder es steht nicht im Koran; dann sind sie verderblich. In beiden Fällen dürfen sie vernichtet werden. Daher steckte der Kalif ruhigen Gewissens die größte Bibliothek der Antike in Brand.«

»Steht nicht alles, was Gott will, in der Bibel?«

»Jedes Buch bedarf der Auslegung, sogar die Bibel. In ägyptischen, chaldäischen, griechischen, syrischen, persischen und arabischen Schriften liegen noch zahllose

Erläuterungen verborgen, die uns helfen können, das Wort Gottes zu verstehen.«

Cristoforos Gesicht war ängstlich: »Ihr meint die Kabbala?«

»Das Gesetz Mose ist jahrhundertelang von Schriftgelehrten studiert worden, Buchstabe für Buchstabe, Titel nach Jota, Punkt für Punkt. Cristoforo, wir sind Zwerge auf den Schultern von Riesen.«

Er verstummte, weil sein Sekretär mit dem Finger auf zwei bewaffnete Männer zeigte, die vor ihnen hergingen. Einer hielt eine Liste in der Hand und gab dem anderen Anweisungen. Da und dort blieben sie vor einem Palazzo oder einem Ospedale stehen und machten mit Kreide Zeichen auf das Tor.

»Ich werde sie fragen, was das zu bedeuten hat«, sagte Cristoforo nach einer Weile. Als er zurückkam, gestand er errötend, dass sie Französisch sprachen. Deshalb fragte Pico den Mann mit der Liste in dessen eigener Sprache, dem Langue d'oïl, was sie denn vorhätten.

Der Soldat berichtete, sie seien die Furiere des französischen Heers, die nach Gebäuden für die Unterbringung ihrer Truppen suchten. Pico wollte seinen Ohren nicht glauben und fragte:

»Sind die Florentiner denn nicht mehr Herr in eigenem Haus?«

»Es gibt eine Vereinbarung zwischen Eurem Herrn und meinem König, Monsieur«, zuckte der Franzose mit den Schultern. Mit einem Schlag begriff Pico, dass Piero die Stadt ohne jede Gegenwehr dem Feind ausgeliefert hatte.

Am Tag danach, einem Sonntag, predigte Savonarola nicht. Nach der Frühmesse begab sich Pico ins Kloster von San Marco. Die Stadt lag wie ausgestorben da. Aus Angst vor den französischen Soldaten hatten die Bürger ihre Frauen, Töchter und Dienstboten aufs Land geschickt. Hinter den geschlossenen Fassaden zählten die Bankiers ihre Barmittel und die Kaufleute inventarisierten ihre Vorräte.

In seiner Zelle, Arbeitszimmer und Meditationsraum in einem, wurde Pico ruhiger. Hier, fern von der Welt des Wetteifers, des Kriegs und der Gewinnsucht, lag die Welt des Geistes. Nicht einmal sie war völlig frei von Zweifeln, Schwindel und Widerspruch, aber je mehr Argumentation und Dialektik das Verständnis und die Einsicht mehrten, erwuchs aus der Verwirrung sich widersprechender Meinungen der reine Gedanke, der im Glanz seiner Schönheit aufblühte wie die Damaszenerrose im Klostergarten.

Die Zelle

Noch hatten Picos schwache Augen mit dem Dämmerlicht zu kämpfen, als er schon auf seinen Sandalen durch die Zelle schlurfte. Dabei stieß er an das Lesepult und ertastete darauf ein Buch, das dort gestern noch nicht gelegen hatte. Er nahm den Codex und trug ihn ans Sonnenlicht. Dort schlug er den Buchdeckel auf und sah, dass auf dem Vorsatzblatt etwas geschrieben stand. In eckiger Kursivschrift zitterten vier Worte: *Pico Comiti Frater Hieronymus*, von Fra Girolamo für Graf Pico. Aufgeregt blätterte er die Seite um und las auf dem Frontispiz den Titel.

Pico bebte. Nach diesem Buch hatte er in allen Klosterbibliotheken Italiens gesucht. Aufseufzend blätterte er die Seiten um. An einigen Stellen waren die verblassten lateinischen Lombarden mit griechischen Zeichen durchschossen. Und dieses Werk hatte ihm der Prior geschenkt: Es war ein Wunder.

Seit die Bibliothek von San Marco in ihren Schränken aus Zypressenholz auch den regenbogenfarbenen Bücherschatz der Medici beherbergte, war sie eine der reichsten Sammlungen der Halbinsel geworden. Deshalb hatte Pico hier eine eigene Zelle bezogen, in der er die seltenen Handschriften entzifferte und über ihnen grübelte. Sein Zimmer lag unmittelbar neben dem des neuen Priors von San Marco.

Der Graf hatte den elf Jahre älteren Frater kennengelernt, als er als sechzehnjähriger Student die Vorlesungen in Ferrara besuchte. Beim Generalkapitel der Dominikaner in Reggio Emilia war er ihm wieder begegnet. Fassungslos sah er, wie der vor fünf Jahren so scheue Mönch jetzt den Kirchenfürsten harsch vorhielt, sie würden das Christentum verschachern. In Rom sei alles käuflich: Bullen und Ablässe, Präbenden und Benefizien, Bischofsmitren und Kardinalshüte, das Fegefeuer und das Himmelreich. Bei einer Rückkehr des heiligen Petrus als Papst auf die Erde würde er ganz sicher ein zweites Mal gekreuzigt werden wie Jesus, nachdem er die Kaufleute aus dem Tempel getrieben hatte. Pico hörte Fra Girolamo Savonarolas Worte und begriff, dass allein der heilige Zorn dieses Mönches die Kirche noch retten konnte.

Deshalb hatte er vor fünf Jahren Lorenzo de' Medici geraten, den Dominikaner nach Florenz zu holen. In der Stadt, welche die größten Gelehrten der Welt anzog, durfte der frömmste Prophet seiner Zeit nicht fehlen. Nur von der Toskana aus konnte Italien bekehrt werden. Pico erinnerte Lorenzo an seinen Traum vom idealen Staat, den er schaffen wollte. Erst wenn Politik, Philosophie und Theologie eine Trias formten, konnte Florenz zum Platonopolis des Philosophen Plotin und zur Gottesstadt des heiligen Augustinus werden.

Girolamo zog in das Kloster von San Marco ein, weigerte sich jedoch, dem ungekrönten König der Stadt einen Dankbesuch abzustatten. Zur Rechenschaft gezogen, antwortete er: »Wer hat mich zum Prior auserwählt? Ich muss Gott danken, nicht Lorenzo.« Daraufhin überhäufte der Prächtige das Kloster mit Geschenken. Von der Kanzel bellte der Dominikaner: »Ein Wachhund lässt sich nicht mit einem Knochen ködern.« Politik und Religion verstanden sich nur schlecht. Dennoch war Savonarola wie ein Geist an Lorenzos Totenbett erschienen. Er rang dem Bankier das Versprechen ab, alle Wuchergewinne zurückzuzahlen.

Der neue Prior führte im Kloster wieder die alte Ordensregel des heiligen Dominikus ein. Das stieß auf den Widerstand seiner Vorgesetzten. Die Klostergemeinschaft von San Marco sagte sich, zusammen mit denen von Fiesole, Prato und Pistoia, vom Orden los. Lorenzo unterstützte den aufständischen Prior, der die Selbständigkeit der Toskana in Italien nur stärken konnte. In Rom lachte Papst Alexander höhnisch: Jede Spaltung schwächte seine Gegner.

Savonarola berief sich auf die Propheten, wenn er in seinen Predigten die Mächtigen anprangerte. Je erbarmungsloser er die Gottlosigkeit der geistlichen und weltlichen Führer geißelte, desto zahlreicher strömten Handwerker und Tagelöhner herbei. Während sein Mund höllische Strafandrohungen über die halsstarrigen Herrscher ausstieß, erglühte sein fahles Gesicht, als würde in ihm die Flamme einer Wachskerze aufleuchten.

Pico della Mirandola erkannte, dass auch er dem Reichtum seiner Vorfahren entsagen musste. Für dreißigtausend Dukaten verkaufte er seine Ländereien an seinen Neffen Gian Francesco. Die eine Hälfte des Geldes verteilte er unter die Armen, die andere diente zur Verbesserung des Ackerbodens.

Girolamo und Giovanni waren sich Martha und Maria: Der Eifer des Priors entlockte dem Prinzen oft ein Lächeln, während die Vorsicht des Gelehrten den Geistlichen reizte. Häufig diskutierten sie in der Bibliothek mit den Mitgliedern der, wie sie es nannten, Marcianischen Akademie: mit dem Philologen Girolamo Benivieni, dem Drucker Roberto Salviati, dem Altertumsforscher Pietro Crinito und dem Dichter Angelo Poliziano.

Eines Tages war die Seele Gegenstand ihres Disputs. Einer der Anwesenden bemerkte, die antike Lehre unterscheide sich nur in der Formulierung von der christlichen. Savonarola sprang auf: Von Platon ließe sich nur Hochmut lernen und von Aristoteles nichts als Unglaube. Ruhig antwortete Pico, er habe lange genug über die Seele nachgelesen, um zu wissen, dass Glaube und Philosophie im Großen und Ganzen ein und dasselbe seien, zumindest, wenn man sie korrekt und ohne Vorurteile interpretiere. Dann wies er in einem langen, mit Zitaten gespickten Vortrag die Göttlichkeit der Seele nach. Am Ende waren alle Blicke gespannt auf Savonarola gerichtet. Der Prior umarmte Pico und sagte: »Du bist der einzige Mensch unserer Zeit, der die antike Philosophie und die christliche Lehre ebenso gut kennt wie Augustinus, Gregorius und Dionysius Areopagita.«

In derselben Bibliothek hatte Pico jahrelang Argumente gegen die Sterndeuterei gesammelt. Die Astrologen, die das Schicksal eines jedes Sterblichen in den Sternen lasen, waren ebenso große Feinde der Religion wie die Ungläubigen, die Heiden, die Juden, die Muselmänner, die Gleichgültigen und die Ketzer. Die Astrologie schwächte die Philosophie, zersetzte die Medizin, entkräftete die Religion und förderte den Aberglauben. Sie machte die Menschen unglücklich, ängstlich, unruhig und unfrei.

Verzückt lauschte Fra Girolamo den Ausführungen seines viel belesenen Freundes. Schließlich bat er Pico, die tausend Quartoblätter von dessen *Disputationes adversus Astrologos* in der Volkssprache zusammenfassen zu dürfen. Dieses Werk würde endgültig den magischen Bann der Astrologie brechen und den irregeführten Menschen den Weg zum wahren Glauben weisen. Wie Kolumbus entdeckte Pico eine neue Welt: das Himmelsgewölbe. Beim Übersetzen von Ptolemäus' *Centiloquium* wies er nach, dass nahezu jeder Satz der alten lateinischen Übersetzung falsch war. Er studierte alle Schriften antiker, arabischer und zeitgenössischer Astronomen, um mit diesem Wissen gewappnet wie ein zweiter Epikur die Wälle des Aberglaubens zu schleifen.

Aber in seinem Herzen wusste Pico, dass er diese aufreibende Aufgabe nur in Angriff genommen hatte, um sich vor einer noch schwereren Herkulesarbeit einen Aufschub zu gönnen. Seine *Concordantia Platonis et Aristoteles* sollte beweisen, dass die beiden größten Genies der Antike im Prinzip dasselbe behaupteten. Ein Kapitel war inzwischen vollendet: das Kapitel über *Das Sein und das Eine*. In seiner Abwesenheit hatten Poliziano und Lorenzo über die Frage gestritten, ob das Eine über dem Sein stünde, wie Plotin meinte, oder dass sie einander gleich seien, wie Aristoteles meinte. Sie legten ihm das Problem vor. Durch genaues Lesen Platons bewies ihnen Pico, dass dieser in jedem Punkt mit Aristoteles übereinstimmte.

Das war nur der erste Schritt auf dem Weg zur endgültigen Versöhnung der beiden Philosophen, die von den Scholastikern immer wieder gegeneinander ausgespielt worden waren. So tiefsinnig waren ihre Werke und so zahllos die Kommentare, dass ein Menschenleben nicht ausreichte, um alle zu lesen und zu erfassen. Wer würde denn lange genug leben, um den Beweis zu führen, dass sie im Prinzip dasselbe meinten?

Aber Picos Ehrgeiz reichte noch darüber hinaus. In seinem allumfassenden Werk wollte er beweisen, dass die griechische Weisheit dieselbe Wahrheit enthielt wie die geheimen Lehren von Moses und Hermes Trismegistos. Deshalb wollte er, der neben den christlichen Scholastikern und arabischen Philosophen die Orphiker, Pythagoräer, Peripatetiker und Platoniker gelesen hatte, nicht nur die ägyptischen Hieroglyphen und die heiligen Bücher der Perser ergründen, sondern alle hermetischen, magischen und kabbalistischen Schriften. Aber wie viele Jahre würde ihm Gott noch gönnen?

Pico legte das Buch zur Seite, verließ seine Zelle und ging zur Tür am Ende des Gangs. Er klopfte. »Wer ist da?«, fragte eine Stimme. »Ich bin es«, antwortete der Graf.

»Gott sei mit Euch, Giovanni, tretet ein.«

Pico kniete sich auf den Betstuhl. »Segnet mich, Vater, ich möchte beichten«, sagte er auf Lateinisch. Auf dem Tisch stand zähnefunkelnd der Totenschädel. Der Mönch verschob eine Bank und setzte sich neben ihn. Er schlug das Kreuzzeichen, schloss die Augen und sprach leiser als sonst: »Der Herr sei in Eurem Herzen und auf Euren Lippen.«

»Heiliger Vater, ich möchte bei Euch beichten, weil ich nicht nur Gott um Vergebung bitten möchte, sondern auch Euch.«

Zwei schwarze Augen richteten sich auf Pico.

»Ich bitte Euch, Vater, mir zu vergeben, weil ich Groll gegen Euch gehegt habe.«

»Wann ist das geschehen, mein Sohn?«

»Vorgestern, bei Eurer Predigt in der Kathedrale.«

»Der Predigt an Allerheiligen?«

»Ihr habt vor den Ohren der ganzen Stadt auf der Kanzel meine lateinische Lobrede *Über die Würde des Menschen* angegriffen. Samstagnacht konnte ich keinen Schlaf finden, weil ich unablässig nach Worten suchte, um Euch den Tadel entgelten zu lassen. Ich fühlte Hass in meinem Herzen.«

»Und nun nicht mehr?«

»Gerade, als ich in meine Zelle kam, erkannte ich, dass Eure Gnade größer ist als Eure Gerechtigkeit.«

»Alle Gnade kommt vom Vater. Habt Ihr aufrecht bereut, dass Ihr Ihn beleidigt habt? Dann bittet demütig um Vergebung.«

Pico betete: »Mein Herr und mein Gott, vergebt mir, dass ich Eure göttliche Güte beleidigt habe. Ich verabscheue meine Sünden, nicht nur, weil sie Eure Strafe verdienen, sondern weil sie Euch missfallen, der in Seiner unendlichen Vollkommenheit nichts als Liebe ist. Lieber möchte ich sterben, als Euch noch einmal zu kränken.«

»Ich vergebe Euch, mein Sohn, jedoch nicht in meinem Namen, sondern im Namen des Herrn«, sprach der Beichtvater. »Büßt und betet. Er erleuchte Euren Verstand, um Euch zu helfen, wieder den rechten Weg zu finden.«

»Sagt mir, was der rechte Weg ist«, sagte Pico plötzlich eindringlich.

»Darüber haben wir schon oft gesprochen«, seufzte der Prior, »aber ich wiederhole erneut meinen Wunsch, der ganz gewiss auch der Seine ist: Entsage der Welt und trage das Ordenskleid, das auch ich trage. Der Tod ist nahe. Gedenke unseres Freundes Poliziano.«

Pico neigte das Haupt: »Vater, ich werde Gott bitten.«

»Ego te absolvo, fili mi«, sagte der Beichtvater und machte das Kreuzzeichen, »in nomine Patris et Filii et Spiritus Sancti.«

»Amen«, sagten ihre Lippen gemeinsam.

Das Buch

Nach der Beichte wollte Pico die Zelle verlassen, aber ein plötzlicher Gedanke zwang ihn, stehen zu bleiben. Auf Romagnol, der Sprache ihrer Kinderjahre, wandte er sich an seinen Freund, der noch immer gesenkten Hauptes betete: »Girolamo, weißt du, wie Angelo Poliziano gestorben ist?«

Ohne aufzusehen antwortete der Prior: »Angelo ist als Christ gestorben, versöhnt mit Gott und den Menschen.«

»Woher weißt du das?«, fragte Pico, von der ausweichenden Antwort neugierig gemacht.

»Ich war am Abend vor seinem Tod bei ihm. Ich habe ihm die letzte Beichte abgenommen und ihn mit der Letzten Ölung versehen.«

»Wusstest du, dass er sterben würde?«

»Ich wusste, dass seine Seele in Gefahr war.«

»Warum sprichst du in Rätseln?«

»Angelo war Kanoniker«, sagte Girolamo unbewegt, »aber er war kein Geistlicher. Er ließ sich zu sehr von der Welt betören.«

»Weil er Kardinal werden wollte?«, fragte Pico, zu spät

bedenkend, dass Savonarola in stolzer Demut den Kardinalshut zurückgewiesen hatte, den ihm der Papst, der unheilige Vater, anbot.

»Das war nicht der einzige Grund. Ihn quälte auch das Fleisch.«

»Davon hat er mir nie etwas gesagt.«

Der Prior hob sein Haupt: »Ein Beichtvater weiß mehr. Stelle mir keine Fragen, die ich nicht beantworten darf. Du sollst nur wissen, dass sein allzu früher Tod von einem allzu großen Verlangen verursacht wurde. Lass es dir eine Lehre sein, Giovanni.«

Pico schwieg und dachte an Simonetta. Dann sagte er tonlos: »Er ist mit dem Namen einer Frau auf den Lippen gestorben.«

»Simonetta ist tot«, murmelte der Prior. »Ihre äußere Schönheit ist längst von den Würmern zerfressen. Keiner ihrer Liebhaber würde ihren Körper jetzt noch in die Arme nehmen wollen. Alles Fleisch ist wie Gras.«

Schaudernd dachte Pico daran, was Aristoteles über den Abscheu geschrieben hatte, der uns überfiele, wenn wir in den vollkommenen Formen des Alkibiades plötzlich seine Eingeweide sehen würden.

»Gab es noch eine andere Frau?«

Wieder neigte der Prior sein Haupt: »Ich habe schon zu viel gesagt. Auch dein Leben ist kürzer, als du denkst, Giovanni. Christus war ebenso alt wie du, als er zu predigen begann. Folge seinem Beispiel.« Als würde ihn die Klosterzelle plötzlich beklemmen, verabschiedete sich Pico überstürzt von seinem Freund.

In seiner Zelle kniete er vor dem auf die Wand gemalten Kreuz nieder. Die Beichte hatte ihm keinen Frieden geschenkt. Sein Herz wusste, dass er dem Prediger die Worte von vorgestern nicht vergeben hatte. Sein Hochmut war größer als seine Demut. Hätte er Girolamo nicht anvertrauen müssen, wie sehr ihn der Tod des geliebten Freundes betrübte? Aber er wusste, was ihm der andere antworten würde: Gott gibt und Gott nimmt.

Giovanni und Girolamo verstanden sich nicht gut, auch wenn sie dazu bestimmt waren, sich zu lieben wie die Vernunft und der Glaube. In seiner Jugend hatte den Sohn des Condottiere nur ein einziges Verlangen beherrscht: Alles zu wissen. Später erkannte er, dass dasselbe Verlangen Luzifer am Ende dazu getrieben hatte, Gott gleich werden zu wollen. Dennoch setzte er seine Studien nach jedem verfügbaren Wissen fort. Heute wusste er alles über die Epizyklen der die Erde umkreisenden Planeten, aber was wusste er über die magnetische Liebe, welche die Seelen umeinander kreisen lässt? Welches Geheimnis hatte Angelo ins Grab getrieben? Welches Wissen des Priors blieb ihm verborgen?

In seinen Zweifeln tat er, was er immer tat, wenn ihn die Melancholie übermannte: Er schlug ein Buch auf, um darin zu lesen. Das Buch war nur noch der Schatten des einst stolzen Codex. Der Pergamenteinband war verzogen und von der Feuchtigkeit violett verfärbt. Der verzogene Buchrücken hing halb lose, so dass die Scharniere sichtbar wurden: die Rippen eines Skeletts. Die Feuchtigkeit hatte sich sogar bis in die einzelnen Lagen gezogen. Blätter klebten zusammen, Sepialettern waren verwischt und an einigen Stellen sogar gänzlich gelöscht.

Aber dieser Leser war so neugierig auf den geistigen Gehalt, dass ihm die äußere Hülle gleichgültig war. Dies war der *Phoenix* des römischen Senators Lucius Manilius;

dies war eine der Schriften, welche die ägyptische Weisheit überlieferten; dies war das Buch über den Fabelvogel, den einstmals Herodot, Ovid, Pomponius Mela, Tacitus, Plinius, Philostratos, Solinus und Claudianus beschrieben hatten.

Der Phoenix, so wussten die Alten, wohnt im Osten bei einer kühlen Quelle: in Arabien, Äthiopien, Indien oder auf den Inseln der Glückseligen. Sein Name bedeutet: Phönizier, der Rote, Dattelpalme oder Leier. Mit purpurrotem Gefieder und blauen Augen ähnelt er einem Pfau. Jeden Morgen badet er in der Quelle und singt der Sonne sein Lied. Sobald er fühlt, dass sein Ende naht, baut er in einer Baumkrone ein Nest aus duftenden Kräutern, das von der Sonne entzündet wird. Aus diesem Feuer wird der neue Phoenix geboren. Der junge Vogel rollt die Asche seines Vaters zu einem Ei aus Myrrhen. Mit diesem Ei fliegt er aus dem roten Morgenland nach Ägypten, um es in der Stadt Heliopolis der Sonne zu opfern.

Für die Ägypter war der Phoenix die Seele von Helios Ra, dem Sonnengott. Der Vogel wurde zum Sinnbild des Sonnenaufgangs und des unbesiegbaren Lebens. Daher hatte der Kirchenvater Laktanz das geheimnisvolle Gedicht verfasst, in dem Jesus Christus als der wahre Phoenix bezeichnet wurde und der Vogel die glorreiche Auferstehung des Menschensohnes verkörperte.

Giovanni verschlang die Worte. So hatte sein Namenspatron, der Apostel Johannes, das Buch der Offenbarung aus der Hand des Engels gegessen. Beim Lesen fiel ihm ein, wie ihn seine Mutter nach dem Tod des Vaters die Buchstaben des Alphabets gelehrt hatte. Der vierjährige Giovanni staunte, dass man mit so wenigen

Zeichen so viele Wörter bilden konnte. Er selbst verblüffte jedermann mit seinem Gedächtnis. Sobald er eine Seite gelesen hatte, kannte er sie auswendig, und ein einmal gehörtes Gedicht sagte er von hinten nach vorn auf. In seinem Geburtsort, einer Garnisonsstadt, fing er von den Söldnern unzählige Mundarten auf: italienische, deutsche und französische Laute und Akzente. Daher hatte er so schnell die zweiundzwanzig Sprachen gelernt, die er nun wie ein zweiter König Mithridates beherrschte.

Mit Hilfe eines Donatus brachte ihm der Hofgeistliche von Mirandola die Grundzüge des Lateinischen bei. Zusammen lasen sie unzählige Male die Tierfabeln, in die der Sklave Phaedrus die Torheit der Menschen einkleidete, und die Distichen, mit denen der alte Cato die Weisheit der Römer in Verse verwandelte. Seit er aber wusste, dass er für das Priesteramt bestimmt war, las er am liebsten die Psalmen König Davids. Ein Vers aus Psalm siebzehn rührte ihn an: *Et posuit tenebras latibulum suum.* Und er machte sich die Finsternis ringsum zum Zelt. Das Wesen des Herrn war nicht hell, es war ein dunkles Wort, das wie die Sphinx nach Auflösung verlangte.

Voll Eifer lernte er lesen, schreiben, sprechen und denken in einer Sprache, die fremder und widerspenstiger war, aber auch richtiger und sinnvoller schien als seine Muttersprache. Der Schöpfungsgeschichte zufolge war die Welt aus einem Satz entstanden: Gott hatte gesagt, es solle Licht werden, und es ward Licht. Damals hatte Giovanni seinen Lehrer gefragt, warum es in seinem Schlafzimmer nicht hell würde, wenn er nachts die Worte *Fiat lux* aussprach. Scheinbar ernsthaft antwortete der Geistliche, dass Gott diese Worte nicht auf Lateinisch, sondern in einer anderen Sprache gesprochen hatte, der ältesten Sprache der Welt. Erschüttert hörte der Knabe, dass seine lateinische Bibel aus dem Hebräischen übersetzt worden war. Als er seinen Lehrer bat, ihn die wahren Worte zu lehren, musste dieser gestehen, dass er dieser Sprache nicht mächtig war. Daraufhin nahm sich Giovanni vor, eines Tages die Sprache Gottes zu lernen.

In Padua hatte ihn der kretische Jude Elia del Medigo, der selbst Lateinisch und Italienisch durcheinander warf, Hebräisch gelehrt, wie ihm zuvor der Catull-Kenner Gian Batista Guarino in Ferrara Griechisch beigebracht hatte und der ihn wie Flavio Mitridate, der pädophile Polyglotte, in Florenz im Chaldäischen unterrichten sollte, der Sprache Christi.

Jede Sprache offenbarte ihm eine neue Welt. Und dennoch war die Wahrheit ewig, einzig und unteilbar. Seit Babylon war die Weisheit durch alle Sprachen zerstreut. Pico erinnerte sich, wie ihn schwindelte, als er vernahm, dass der lateinische Averroes, den er in Padua studierte, eigentlich die Übersetzung einer hebräischen Fassung des verloren gegangenen arabischen Kommentars war, den Averroes zur arabischen Übertragung einer syrischen Fassung des Griechischen von Aristoteles geschrieben hatte. Was war nach all diesen Metamorphosen noch von der ursprünglichen Wahrheit geblieben? Er dachte an die noch endlosere Reihe von Emanationen, die das Eine von der vielfältigen Schöpfung trennte. Nur ein Weg führte zur Wahrheit: Er musste zu den Quellen von Glaube und Vernunft zurückkehren, die beide aus der einen Wahrheit entsprungen waren.

Averroes hatte die Lehre von der Doppelten Wahrheit verteidigt: Die göttliche Offenbarung wie die menschliche Vernunft besaßen jede einen unterschiedlichen Bereich; Theologie und Philosophie waren unvereinbar. Pico hatte jedoch nie hinnehmen wollen, dass der Gott der Theologen ein anderer sein könnte als der Gott der Philosophen. Er wollte beide, den göttlichen Vater und den menschlichen Sohn, in der Einheit des Geistes miteinander versöhnen.

Aber bevor er Religion und Philosophie vereinen konnte, musste er zunächst beweisen, dass alle Philosophen im Grunde dasselbe behaupteten, selbst diejenigen, die sich am unversöhnlichsten gegenüberstanden: die Platoniker und die Peripatetiker, die Realisten der Idee und die Nominalisten der Kategorie.

Er wollte nicht auf das Wort nur eines Herrn schwören, sondern so viele Gelehrte wie möglich hören, ihre Werke studieren und jede philosophische Schule kennen lernen. Wie Aristoteles akzeptierte er nur einen Ehrentitel, *ho anagostès*, der Leser. Zahlreiche Akademien und Fakultäten beherbergten ihn auf seiner Pilgerreise zur Wahrheit. In Bologna hörte er die Dekretalisten, die mit ihren Glossen und Kommentaren das Kirchenrecht unklarer machten, in Ferrara diskutierte er mit den Doctores wie der junge Jesus mit den Schriftgelehrten, in Florenz war Marsilio Ficino sein Führer in der Höhle des göttlichen Platon, in Padua wiesen ihm die Averroisten die Ewigkeit der Materie und die Sterblichkeit der individuellen Seele nach, in Pavia enthüllte ihm Giorgio Merula die Formeln der Mathematik, und in Paris lernte er, von Sonnenaufgang bis Sonnenuntergang über das Denkbare und das Undenkbare zu debattieren.

Er kannte alle Schulen: die Orphiker, Pythagoräer und Eleaten; die Peripathetiker, Platoniker und Neuplatoniker; Epikuräer, Stoiker und Skeptiker; die Hermetiker, Magier und Kabbalisten. Jeder von ihnen verteidigte andere Thesen, arbeitete mit anderen Methoden. Dennoch glaubte Pico, dass all diese Wahrheiten Ausstrahlungen ein und derselben Wahrheit seien. Seine Aufgabe war es, diese Vielheit wieder zur Einheit zu bringen, wie Isis die verstreuten Glieder ihres Gatten Osiris zusammengesucht hatte. Jedes Schriftzeichen enthielt einen Teil der Wahrheit, in der Gesamtheit der Worte lag die unergründliche Weisheit Gottes beschlossen.

Der Brief

Ein Kapitel des *Phoenix* beschäftigte sich mit den verschiedenen Hypothesen über das hohe Alter des Vogels. Dem Geschichtsschreiber Herodot zufolge wurde das Wundertier gut und gern fünfhundert Jahre alt, der Dichter Hesiod erwähnte sogar ein Alter von neunhundertzweiundsiebzig Jahren, aber Manilius kam zu der noch unglaublicheren Zahl von vierzehnhunderteinundsechzig Jahren.

Das ägyptische Jahr hatte dreihundertfünfundsechzig Tage. Es begann mit dem Aufgehen des Hundssterns, der die jährliche Überschwemmung des Nils ankündigte. Weil aber das Sonnenjahr de facto einen Vierteltag länger war, ging dieser Kalender schon nach vier Jahren einen ganzen Tag nach. Nach viermal dreihundertfünfundsechzig Jahren war der Rückstand auf dreihundertfünfundsechzig Tage aufgelaufen, ein ganzes Kalenderjahr. Im Jahr darauf war wieder ein Vierteltag hinzugekommen und fiel der Anfang des Kalenderjahres zum ersten Mal wieder mit dem Anfang des Sonnenjahres zusammen. Die inzwischen vergangene Zeitspanne von vierzehnhunderteinundsechzig Jahren nannten die alten

Ägypter das *Große Jahr*. Nach Ablauf dieses Zyklus starb die Zeit in der Gestalt des alten Phoenix, um mit der Sonne des neuen Phoenix wieder aufzuerstehen.

Hastig rechnete der Leser im Kopf nach. Es war das Jahr 1494 nach der Menschwerdung des Erlösers. Christus war dreiunddreißig Jahre alt, als er starb. Seit seinem Tod waren also vierzehnhundertvierundneunzig minus dreiunddreißig Jahre vergangen. Pico verschlug es einen Moment den Atem, als seine Lippen das Ergebnis murmelten: vierzehnhunderteinundsechzig war exakt die Zahl des Großen Jahres. Jesus von Nazareth war wie der alte Phoenix mit duftenden Kräutern einbalsamiert und begraben worden. Durch seine Auferstehung aus dem Grab war der Gottessohn zum neuen Phoenix geworden. Nun hatte dieser orientalische Vogel vierzehnhunderteinundsechzig Jahre lang gelebt. In diesem Jahr musste er also wieder sterben. Giovanni dachte mit Schaudern an den Tod des Gottessohnes. Wer würde sein Nachfolger?

Als Pico vom Kloster wieder nach Hause eilte, bemerkte er, dass für ihn die Vorübergehenden, die ihm einen Gruß zuriefen, immer mehr zu flüchtigen Schatten wurden. Seit einigen Monaten war ihm aufgefallen, dass sein Augenlicht schwächer wurde. Er hatte in den vergangenen Jahren mehr Bücher gelesen, als die meisten Gelehrten in einem ganzen Leben zu Gesicht bekamen. An die tausend Tage und Nächte, die er dem Studium der Sterne gewidmet hatte, erinnerte er sich nur noch als ein rasches Umblättern der Seiten. Wie ein Ochsengespann Furchen über die Felder zieht, so hatte sein Augenpaar die Zeilen der Folianten umgepflügt. Beim wachen Schein der Nachtkerze waren vor seinem

Blick unzählige Buchstaben wie Kometen aufgeleuchtet und wieder erloschen.

Ein wenig bitter stellte er fest, dass er wie der Autor der *Divina Commedia* seine Mitmenschen bereits zu Lebzeiten als Schatten sehen durfte. Vielleicht hatte der göttliche Platon doch Recht und war das weltliche Dasein nur ein Schattenbild des wahren Seins. Des öfteren erschienen ihm die Ideen, die er in den Werken längst verstorbener Autoren fand, wirklicher als die Bilder, die er von seinen Zeitgenossen auffing. Er würde den Agenten der Medici in Nürnberg fragen, ob sie ihm nicht ein Augenglas aus Bergkristall besorgen könnten. Die deutschen Diamantschleifer verwendeten dafür Beryllium und sprachen daher von einer »Brille«.

Sein geistlicher Ratgeber brauchte keine Brille. Lieber lieh er Gott sein Ohr, als sein Wort zu lesen. Eine der Antworten des Priors hatte den Grafen befremdet. Als er ihn gefragt hatte, ob Poliziano noch eine andere Frau gekannt habe, hatte Girolamo nicht verneint, sondern sich auf das Beichtgeheimnis berufen. Das bewies, dass Giovanni richtig geraten hatte. Lag dort die Lösung zum Rätsel von Polizianos plötzlichem Tod?

Zu Hause begab er sich in sein Studiolo, um dort einen Brief zu schreiben. Beim zweiten Lesen verdeutlichte er da und dort eine Kursive seiner nahezu unleserlichen Handschrift. Danach rief er Cristoforo zu sich und befahl ihm, augenblicklich nach Fiesole zu reiten und Francesco, dem Verwalter Polizianos, eine Nachricht zu überbringen.

»Geht es um Polizianos Erbe?«, fragte der Sekretär, offensichtlich gekränkt, weil ihm der Brief nicht diktiert wurde.

»Für Erklärungen ist jetzt keine Zeit«, antwortete Pico barsch und reichte ihm den Brief: »Ich habe geschrieben, dass du auf die Antwort warten sollst.«

Die Antwort kam schneller als erwartet. Bereits nach wenigen Stunden war Cristoforo zurück. Pico riss ihm fast den Brief aus der Hand, brach das Siegel und las:

Zu Fiesole, den 2. November 1494

Allerdurchlauchtigster Herr,

Euer Schreiben hat in mir aufs Neue die Wunde aufgerissen, die der Tod meines Herrn in mein Herz geschlagen hat. Hochwohlgeboren, Ihr fragt mich nach weiteren Einzelheiten über die letzten Augenblicke unseres geliebten Angelo (der heute, Gott gebe es, ein wahrhaftiger Engel im Himmel ist). Ich fürchte, dass ich an dieser Stelle nur wiederholen kann, was ich Euch mündlich mitgeteilt habe, als Ihr, wenige Stunden nachdem er entschlafen war, dieses Trauerhaus besucht habt.

Nachdem sein Freund, der hochehrwürdige Prior von San Marco, gegangen war, schien sich der Zustand des Kranken ein wenig gebessert zu haben. Ja, er bat sogar um Speise und Trank. Aber im Laufe der Nacht wurden die inneren Fieber wieder stärker. Sein Körper erbrach die Nahrung, und sein Geist begann zu rasen. Wie die wirr sprechende Seherin, wenn sie vom Orakelgott Apollo besucht wurde, so spie sein schäumender Mund dunkle Verse aus.

Beim Ordnen seiner nachgelassenen Papiere erkannte ich einige dieser letzten Worte in dem lateinischen Gedicht, das er eine Weile vor seinem Ende geschrieben haben muss. Es trägt den Titel In scabiem. *Da ich weiß, wie sehr Ihr sein poetisches Genie bewundert habt, sende ich Euch diese Verse, wie furchtbar sie auch klingen mögen, seit ihr Verfasser gestorben ist.*

Auf Eure Frage, ob mein Herr in seinen letzten Lebenstagen noch von jemandem besucht wurde, muss ich Euch, Herr Graf, die Antwort schuldig bleiben. Das Einzige, was ich Euch, Allerdurchlauchtigster Herr, sagen kann, ist, dass der Kanonikus so tugendhaft gestorben ist, wie er gelebt hat.

Immer zu Euren Diensten
Francesco

Polizianos langes Gedicht wider die Krätze begann wie folgt:

Welch abscheuliche Qual
überkommt meinen kränklichen Körper,
reißt mir die lodernden Glieder
in Fetzen? Welch schreckliche Krankheit
wütet im wehrlosen Fleisch
mit der Glut der gefährlichern Flammen,
zieht das geronnene Blut
aus den Adern und schlürft mir, o Greuel,
mit versengenden Feuer
wie rasend den Saft aus den Knochen?

Es waren die schauerlichsten Verse, die Pico je gelesen hatte. Wie hatte Angelo Poliziano, der Dichter, der immer die ideale Schönheit besungen hatte, dies jemals schreiben können? Gehen wir so elend zugrunde? Dann war die in Florenz gepflegte Verehrung des menschlichen Körpers, dieses Wunders der Natur, tatsächlich eitel, wie der Prior unablässig predigte.

Pico hatte sich immer für den Geist entschieden. Aber erging es dem Geist nicht ebenso wie dem Körper? Wo waren die großen Geister der vergangenen Zeiten? In ihren Werken? Wie viele waren verloren gegangen, wie viele wurden nie mehr gelesen? Sogar Platon meinte, seine wahre Lehre liege nicht in seinen Schriften, sondern in seinen auf ewig verflogenen Worten. Wenn Körper und Geist nichts waren, blieb nur die Seele übrig. Sie war das einzig Göttliche und Ewige im Menschen, der Funke, der Zeit und Untergang trotzte.

Cristoforo stand noch immer vor ihm. Schweigend hatte er zugesehen, wie sein Herr mit dem Grauen kämpfte. Endlich fragte er: »Schlechte Nachrichten, Monsignore?«

Pico ermannte sich: »Francescos Brief überrascht mich. Ich hatte ihn gefragt, ob Angelo jemals eine Frau gekannt hat, aber er weicht meiner Frage aus. Das ist merkwürdig.«

»Natürlich hat Poliziano eine Frau erkannt«, rief Cristoforo. Als er bemerkte, dass er »erkannt« statt »gekannt« gesagt hatte, stieg ihm eine Röte in sein derbes Gesicht.

»Woher willst du das wissen?«

»Gesinde weiß alles«, lachte Cristoforo verlegen. »Das solltet Ihr doch wissen, Ihr, die Ihr alles wisst.«

»Erzähle, Cristoforo.«

Der Sekretär räusperte sich: »Während Ihr mit Poliziano über philosophische Probleme diskutiert habt, unterhielt ich mich mit der Dienerschaft in der Küche. Flora, die Dienstmagd, hat mir verraten, dass ihr Herr nachts oft eine Frau zu sich kommen ließ. Sie kam auf einem Maulesel aus der Stadt, war aber morgens vor Sonnenaufgang wieder verschwunden. Er hielt die Begegnungen geheim, aber der Maulesel war weniger diskret als der Kanoniker.«

»War es immer dieselbe Frau?«

»Wenn ich mich nicht täusche, war es eher ein junges Mädchen als eine Frau. Aber eine andere, eine ältere Frau, muss sie begleitet haben.«

»Woher kamen sie?«

Cristoforo zuckte mit den Schultern: »Das könnt Ihr Euch denken, Monsignore, sie stammten aus den Häusern am Arno, wo diese Art Frauen wohnt. Der Frate hat Recht. Die Stadt ist lasterhaft.«

Pico dachte an die Stichelei Bischof Marianos. Er hatte gesagt, in Florenz gebe es nur zwei Bordelle: diesseits und jenseits des Flusses. Er lächelte und fragte: »Wusste der Verwalter etwas von den nächtlichen Besuchen?«

»Vielleicht, vielleicht auch nicht.« In Cristoforos Stimme schwang ein ungläubiger Ton. »Aber die ganze Dienerschaft wusste davon.«

Der Sekretär zog sich zurück und ließ Pico in schwere Gedanken versunken zurück. Eine bittersüße Melancholie erfüllte seine Seele, als er an die Frauen dachte, die er selbst geliebt hatte. Seit eine Marketenderin ihn in Mirandola das Geheimnis der Liebe gelehrt hatte, hatte ihn der Geruch von Frauen überallhin begleitet. In Padua hatten die leichten Mädchen die Lüste des Studenten gestillt. Dort lebte auch die Bürgerstochter, die er in einem Epigramm Pleona genannt hatte, nach dem göttlichen Überfluss bei Plotin:

Dass ich zum Dichter geworden, verdank' ich dem Blick der Pleona,
Der, wie ein Plektron, verliebt mich, ihre Lyra, berührt.

Aber sie starb, bevor er ihre Schönheit erkannt hatte.

Die Liebe

Sinnlicher und verspielter als die italienischen Frauen waren die Französinnen, weniger mütterlich. Der dreiundzwanzigjährige Graf machte am französischen Hof Furore: seine schlanke Gestalt, das bartlose Gesicht mit den hellblauen Augen und die blonden, nach südlicher Mode bis auf die Schultern fallenden Locken blieben nicht ohne Bewunderung. Manch eine Kurtisane lud den jugendlichen Theologen in ihren Salon.

Nur wer die irdische Liebe kennt, kann die himmlische Liebe begreifen. Ist die erstgenannte nicht eine Spiegelung der zweiten? Die Venus Vulgivaga ist eine Schwester der Venus Urania. Er erinnerte sich an galante Konversationen, perlend wie Muskateller. Er sah gepuderte Busen wogen, bis ein gespanntes Mieder gleichsam versehentlich aufsprang. Je inniger das Flüstern wurde, umso mehr Kerzen erloschen in den Spiegeln. Unvermutet drückten klamme Handflächen auf seine Lider. Er drehte sich um und küsste blind die Lippen, die ihm nicht länger auswichen. Unter dem Brokat fanden seine Finger die Rundungen, die er geraten hatte. Und immer wieder hatte es einen Alkoven gegeben, dessen Samtvorhang sich hob und über der Arena schloss, die zwei glühende Körper in der Einheit der Gegensätze vereinte, die jede Vorstellung übertraf.

Aber diese Scharmützel waren nur das Vorspiel zu einem anderen Gefecht. In Paris, der Stadt der Philosophen, gab es noch die scholastische Tradition der Disputation. Vor nahezu vier Jahrhunderten hatte Magister Pierre Abélard hier in seinem *Sic et non*, »Ja und Nein«, einhundertfünfzig diffizile theologische Probleme vorgetragen und zugleich die Regeln ihrer Auflösung erläutert: Nur durch Zweifeln konnte man zu einer Fragestellung kommen und durch Rede und Gegenrede zu einer ersten Vorstellung von Wahrheit. Daher hielt man an der Sorbonne noch immer an den öffentlichen Disputationen fest, bei denen sich der Kandidat von sechs Uhr morgens bis sechs Uhr abends dem Kreuzverhör seiner Gegner stellte.

Pico hatte die Feuertaufe glänzend gemeistert. Nach dem Vorbild des griechischen Sophisten Gorgias hatte er seine Opponenten aufgefordert, ihn zu jedem denkbaren Thema zu befragen. Die Schüler des bewundernswerten Roger Bacon, der scharfsinnige Wilhelm von Ockham und der unbesiegbare Duns Scotus, hatten ihre Pfeile auf ihn gerichtet, aber das Wild erwies sich nicht weniger fintenreich als die Jäger und war immer wieder durch die trügerischen Netze geschlüpft.

Pico entkräftete jeden Sophismus mit einem Syllogismus und beantwortete jedes Argument einer Autorität mit einem Gegenzitat. Sein Lehrmeister Ermolao Barbaro hatte ihm oft vorgehalten, er vergeude seine Zeit mit den Philosophastern der finsteren Vergangenheit. Aber hier wurden ihm die alten Meister Speer und Schild. Beim Entwirren ihrer subtilen Argumentationen hatte er mehr als einmal festgestellt, wie oft bei ihnen die Rhetorik an die Stelle der Logik trat. Schließlich hatte er festgestellt, dass keine These so absurd war, als dass man sie nicht durch eine Annahme beweisen konnte bzw. dass sie nicht tatsächlich schon einmal von irgendeinem Gelehrten verteidigt worden war.

Nunmehr erkannte er mit seinem unfehlbaren Gedächtnis die Trugschlüsse und warf die Ungereimtheiten wie Knochen in den Kreis seiner Pariser Professoren zurück. Nur der Dekan der Fakultät, Robert Gaguin, biss weniger hart zu als die anderen. Er wusste, dass dieser Schüler seine Lehrer bei weitem an Belesenheit übertraf und ihm nur noch die Reife fehlte, um die Summa aufzubauen, die ihre hohlen Geistreicheleien in den Schatten stellen würde. Am Ende der Disputation hallte das Auditorium Magnum vom Applaus der Magistri, Lectores, Doctores und Alumni wider.

War auch das nur ein Vorspiel gewesen? Siegestrunken hatte er geschworen, seine nächste Befragung werde kein Gesellenstück, sondern ein Meisterstück sein. Er würde sich die Themen nicht mehr vorschreiben lassen, sondern seinen Opponenten eine Liste mit eigenen Thesen vorlegen. Nicht mehr in Paris vor seinen Professoren wollte er antreten, sondern in Rom vor den größten Philosophen seiner Zeit. Nach diesem Entschluss mied er die Demoiselles in den galanten Salons und umarmte in seiner Studierstube nur noch die strenge Minerva.

Im selben Wunderjahr, in dem er seine wahre Berufung entdeckt hatte, begegnete er auch der Liebe seines Lebens. Sie hieß Margherita, wie die kostbare Perle, für die der Kaufmann aus dem Gleichnis sein gesamtes

Hab und Gut verkauft hatte. Warum hatte Pico dies nicht ebenfalls getan? Noch immer bebte sein Herz bei der Erinnerung an ihren opalfarbenen Glanz.

Im März 1486 reiste er von Paris nach Florenz zurück. Dort begegnete er Flavio Mitridate, dem sizilianischen Israeliten, der sich bekehrt hatte und nun nachwies, dass das Christentum bereits im Buch Esra vorhergesagt wurde. Dieser Kenner der Kabbala war ebenso beunruhigend wie dünkelhaft: War er nicht jüngst wegen eines mysteriösen Verbrechens aus Rom geflüchtet? Aber Pico lernte von ihm Aramäisch und Arabisch und durch ihn erschloss sich ihm der tiefste Sinn der Heiligen Schrift. Für den talmudischen Gelehrten Maimonides waren die Worte des Alten und Neuen Testaments ein tiefer Brunnen. Aus ihm konnte man jede Weisheit schöpfen, wenn man die hebräischen Schriftzeichen nur richtig auslegte: durch Zusammenfügen oder Trennen, Anordnen und Ausrichten, Zerlegen oder Berechnen. Das war die Geheimkunst der Kabbala.

Schon damals träumte Pico von einem philosophischen Frieden, in dem Christentum, Judentum und Islam miteinander versöhnt werden sollten. Er arbeitete die Ideen des Mitridate zu neuen, noch gewagteren Lehrsätzen aus, als sie die bis dahin formulierten Thesen enthielten. Anfang Mai machte er sich daran, die Romreise vorzubereiten. Dort, in der päpstlichen Bibliothek, wollte er an sein Meisterwerk letzte Hand anlegen. Sein Gepäck schickte er zusammen mit den Lehrbüchern voraus. In Begleitung seines Sekretärs und von siebzehn Soldaten verließ er Florenz am 8. Mai. Am nächsten Abend erreichte er Arezzo. Sein Geleit fand außerhalb der Stadtmauern eine Herberge.

Pico selbst war Gast Giuliano Mariottos, eines Neffen Lorenzo de' Medicis. Als mittellosem Familienmitglied oblag dem Edelmann das Einziehen der Zölle. Nach dem Tod seiner ersten Frau hatte er ein Mädchen aus Florenz geheiratet. Pico war Margherita einmal bei den Medici begegnet. Schon damals war ihm ihr Charme aufgefallen, aber erst jetzt traf ihn ihre Schönheit. Neben dem ungehobelten Ehemann lachte ihm die sechzehn Jahre junge blonde Frau wie Venus selbst zu.

Giuliano lud den Freund seines Onkels zum Nachtmahl ein. Der Gastherr sprach dem Verdicchio so maßlos zu, dass er den Erzählungen des Grafen nach einiger Zeit kaum noch zu folgen schien. Margherita dagegen lauschte amüsiert dem immer beredsameren Gast.

Als sie nach dem Ziel seiner Reise fragte, erzählte Pico, dass er es in Rom mit den größten Gelehrten seiner Zeit aufnehmen wolle. Vor ihren bewundernden Mandelaugen begann er ein Loblied auf seinen neuen Lehrmeister Mitridate zu singen, der ihn auf diesen Kampf der Giganten vorbereitet hatte. Als er von dessen auffallend jungem, hübschen Diener sprach, fragte Margherita, wie er heiße. »Lancillotius«, antwortete der Graf. »Ein seltsamer Name.« »Es ist Lateinisch für Lancilotto.« »Wie der Artusritter?« »Ja, wie der Mann, der sich in die Ehefrau seines Herrn verliebte«, flüsterte der Graf und sah zu seinem Gastgeber, aber der hatte nichts gehört.

Vom Alkohol übermütig geworden, mimte Pico seine Überraschung, als er eines Tages den Philosophen und seinen Diener in seinem eigenen Bett gefunden hatte. Margherita errötete: »Wie Lancilotto und Guinevera? Und was sagte Mitridate?« – »Er war genauso arrogant wie immer und sagte, der Knabe wärme ihm seine steifen Knochen, wenn er in dem kalten Haus für mich kabbalistische Werke übersetzen müsse.«

Margheritas Lachen begleitete den schwankenden Grafen auf der Wendeltreppe, über die ihn der Hausknecht zur Dachkammer brachte. Kaum hatte er sich ausgezogen und schlafen gelegt, da klopfte es zaghaft an der Tür. Als er öffnete, schlüpfte eine kleine Gestalt herein und legte ihm einen Finger auf den Mund. Er küsste ihre Hand, dann ihren Mund. Ihre Zunge weckte in ihm eine Lust, wie er sie noch nie empfunden hatte. Eine kalte Flamme durchfuhr seine Lenden, als er den Körper spürte, den er bisher nur mit den Augen liebkost hatte.

Nach dem lautlosen Zittern blieb Margherita reglos in seinen Armen liegen. Mit einem Mal begann sie leise zu schluchzen. Auf seine geflüsterten Fragen schüttelte sie ihre gelösten Haare und sagte, sie wolle nicht länger bei ihrem Mann bleiben. Sie seien erst wenige Monate verheiratet, aber er weigere sich nach wie vor, sie zu berühren, und lache über ihren kindlichen Körper. Sie wolle weg. Benebelt vom Wein und der Verliebtheit versprach Pico, sie zu befreien – wie ein Paladin eine Jungfrau rettet. Im heimlichen Schein des Mondes erklärte er ihr seinen Plan. Sie presste ihren Atem auf seine Lippen und schlüpfte dann aus dem schmalen Bett. Als sie sich das Nachthemd wieder über die Schultern zog, fiel sein Blick auf ihre knabenhaften Hüften.

Am nächsten Morgen verabschiedete sich Pico von seinem Gastgeber, der noch nach dem Wein vom Abend zuvor roch. Anschließend eilte er aus der Stadt und weckte seine Mannschaft in der Herberge. Zwei Soldaten sollten zum alten Dom reiten. Dort wollte Margherita auf sie warten, die mit einer Kammerzofe das Haus unter dem Vorwand verlassen hatte, sie ginge zur Kirche. Vierundachtzig Florin hatte sie mitgenommen und alles, was sie unbemerkt an Schmuck und Putz tragen konnte. Einer der Reiter half ihr auf sein Pferd.

Margheritas Flucht blieb jedoch nicht unbemerkt. Aufgescheucht von den Nachbarn (oder sogar der Kammerzofe?), ließ Giuliano die Rathausglocke läuten und sammelte ein paar hundert Mann, mit denen er die Treibjagd eröffnete. Kaum zwanzig Meilen entfernt, bei dem kleinen Weiler Marciano di Chiana, holte er die Flüchtlinge ein. Noch ehe sich die Rivalen verständigen konnten, ritten die beiden Gruppen aufeinander los und verstrickten sich in einen ungleichen Kampf.

Was dann geschah, daran erinnerte sich der friedliebende Graf mit Abscheu und Reue. Er sah, wie seine siebzehn Mann einer nach dem anderen niedergemetzelt wurden. Nur sein Sekretär, der unbewaffnet flüchtete, konnte seine Haut retten. Pico selbst musste sich mit zwei Stichwunden ergeben.

Giuliano führte Margherita im Triumph nach Arezzo zurück. Er posaunte in der Stadt herum, sein Gast habe seine Gattin wie eine zweite Helena entführt. Der Graf wurde bis zum bevorstehenden Gerichtsverfahren verhaftet. Erst im Stadtkerker wurde Pico klar, dass er seine Perle auf immer verloren hatte. War das der Moment, an dem sich der Phoenix vorgenommen hatte, niemals zu heiraten?

Die Disputation

Picos Sekretär ritt ohne Halt bis Florenz und berichtete Lorenzo de' Medici das unglaubliche Abenteuer. Dieser gebot per Sendschreiben seinem Neffen Mariotto, den gefangenen Grafen unverzüglich auf freien Fuß zu setzen. Der Ehemann beugte das gehörnte Haupt. Was als Tragödie begonnen hatte, endete als Komödie.

Der Graf fühlte sich gedemütigt, weniger wegen der schimpflichen Gefangenschaft als wegen seiner eigenen Torheit. War er nicht ebenso leichtsinnig gewesen wie der trojanische Prinz Paris, als er eine jungverheiratete Frau entführt hatte? In einem persönlichen Schreiben bat ihn Lorenzo, seinen Neffen für die erlittene Schmach zu entschädigen. Pico überließ ihm daraufhin ein ansehnlicheres Schmerzensgeld, als es der unvermögende Ehemann je zu fordern gewagt hätte.

Mariotto ließ Margherita nicht mehr aus dem Haus. Während er die Florins des Grafen herausfordernd klingeln ließ, gingen Gerüchte um, er habe ein Vermögen dafür eingestrichen, dass er seine Frau dem Grafen für eine Nacht ausgeliehen hatte. Als sich der Edelmann damit brüstete, seine prächtige Perle habe sogar einen

Specht geblendet, konnte er ihr Licht nicht länger unter dem Scheffel verborgen halten. Stolz schleppte er sie überall mit, als sei sie seine neu eroberte Braut.

Pico reiste von Arezzo ins nahe gelegene Perugia, wo ihn ein Bekannter, den er um Obdach gebeten hatte, bei sich aufnahm. Er ließ sich von einem Wundarzt versorgen und sammelte ein neues Geleit. Nun erst wurde ihm klar, dass er so lange in der Gegend geblieben war, weil er die Hoffnung noch nicht aufgegeben hatte, die Perle wieder aus ihrem Ehering zu lösen. Aber mit den Wunden seines Körpers heilte der Sommer auch seine Seele.

Schließlich sah er ein, dass die Vernunft über das Gefühl triumphieren und die Verzweiflung der Wissenschaft weichen musste. Daher ließ er Elia del Medigo nach Perugia kommen. Zusammen mit dem kretischen Juden, der ihn in Padua Logik und Griechisch gelehrt hatte, bereitete er sich auf die große Disputation in Rom vor. Elia bestärkte ihn in seiner Überzeugung, dass die Wirklichkeit bis in ihren Kern hinein gegensätzlich sei: Selbst Gott war die Einheit der Gegensätze. Und womöglich war sogar dieses allzu irdische Abenteuer mit Margherita ein Sinnbild der himmlischen Liebe gewesen.

Zum Herbstbeginn brodelte es in Perugia. Die Beulenpest traf eine Familie. Jüdische Geldhändler wurden aus der Stadt verbannt, auf Fremde wurde mit dem Finger gezeigt. Pico ließ Vorsicht walten und flüchtete in das Städchen Fratta, wo er in der Via Dritta eine Wohnung bezog. Dort erreichte ihn ein Brief seines Freundes Andrea Corneo mit einer Einladung an den Mailänder Hof Ludovico il Moros. Pico schrieb zurück: »Ich ziehe mein Zimmer, meine Arbeit, die Freude an meinen Büchern und meine Seelenruhe den fürstlichen Palästen, dem höfischen Zeremoniell, den Jagdausflügen und Gunstbeweisen eines Hofes vor.« Corneo riet ihm, sich eine Frau zu suchen, um zukünftig Liebeshändel zu vermeiden, wie er sie gerade erlebt hatte. Pico antwortete, er werde seine Söhne schon allein zur Welt bringen. Seine Söhne waren seine philosophischen Werke.

Der Kampf der Giganten nahte. Pausenlos übte Pico mit Elia Hebräisch, Chaldäisch und Arabisch, um Esras Orakel, die Gathas von Zarathustra und den Koran des Propheten im Original lesen zu können. Jedes neue Buch bescherte seinem Geist verblüffende Thesen.

Eines Nachmittags besuchte ihn der Dichter Girolamo Benivieni, der dem Freund klopfenden Herzens seine *Canzone de Amore* vorlegte. Die wohlklingenden Verse umspielten Motive aus Ficinos Philosophie der Liebe. In jedem Wort erkannte Giovanni das Gefühl, dessen Asche noch in seiner Seele glühte. Aber er zügelte seine Leidenschaft und schrieb einen Kommentar, der das Gedicht als eine Allegorie der platonischen Liebe interpretierte. Zwischen den Zeilen hielt er seinem Freund Ficino die ungenauen Definitionen, die logischen Fehler und seine geistige Laschheit vor. Beim zweiten Lesen seiner Glossen war er nicht mehr mit ihnen zufrieden und legte sie beiseite. Immer und ewig war er der unerbittlichste Zensor seiner eigenen Arbeiten.

Ende November, als einem die erste Kälte aus dem Apennin die Nasenflügel zusammenklebte, brach Pico in seinem Reisewagen nach Rom auf. Sein jüngerer Bruder Antonio Maria, der nach dem Streit mit dem ältesten

Bruder Galeotto an den päpstlichen Hof geflüchtet war, hatte ihm dort die Vorzimmer der Kardinäle geöffnet.

Als Erstes suchte Pico einen Drucker für sein Werk, dessen Titel jetzt neunhundert Thesen ankündigte. Der Jude Eucharius Silber sollte die *Conclusiones nongentae in omni genere scientiarum* auf sechsunddreißig Quartoblättern drucken, die in allen Universitäten Europas angeschlagen werden sollten. Der Graf erbot sich sogar, jedem Philosophen oder Theologen die Reisekosten zu erstatten, der nach Rom kommen wollte, um an der öffentlichen Disputation teilzunehmen. In der Zwischenzeit diskutierte die römische Kurie lebhaft über dieses dreiundzwanzigjährige Genie und seine Chancen in dem, was der Sohn des Condottiere stolz ein »Turnier des Geistes« nannte. Einige Prälaten beneideten ihn um seine Kühnheit, den meisten schauderte vor soviel Hochmut.

Die Thesen befassten sich mit allen Disziplinen der modernen Wissenschaft. Sie behandelten Dialektik, Moral, Physik, Mathematik, Metaphysik, Theologie, Magie und Kabbalistik. Vor allem das letzte Thema erregte Unmut. Wie konnte es der junge Prinz wagen, die obskuren Kommentare jüdischer Schriftgelehrter den Glaubenslehren der christlichen Theologen gleichzusetzen? Selbst die große Zahl der Thesen erschien provokant. Für Pico war Neunhundert eine mystische Zahl. Würde einer seiner Opponenten bemerken, dass es nicht neunhundert, sondern nur achthundertneunundneunzig Thesen waren? Vollkommenheit kam Gott allein zu.

Der junge Philosoph hatte die Fragen nach einem selbst erdachten System von Concatenatio occulta oder geheimer Verkettung geordnet. Von der christlichen

Theologie führte die lange Thesenkette über die arabische und griechische Philosophie, die hermetische und kabbalistische Weisheit hin zum reinen Ursprung allen Wissens. So kam ihr Autor, bei der strikt orthodoxen Lehre beginnend, Glied für Glied zu den paradoxesten Schlussfolgerungen. Der erste Teil behandelte Lösungen, die bereits von anderen verteidigt worden waren, im zweiten Teil vertrat er neue, eigene Standpunkte. Nach der Diskussion, die sich über Wochen hinziehen konnte, würde niemand noch leugnen können, dass Giovanni Pico della Mirandola der tiefsinnigste Gelehrte seiner Zeit war.

Die Thesen wurden ohne Beweise veröffentlicht. Somit strahlten sie mit dem dunklen Licht der Sprüche Heraklits. »Keine Annahme gleicht dem Angenommenen.« – »Der Vater ist nicht das Wesen des Sohnes.« – »Zwischen Licht und Farbe gibt es keinen wesentlichen Unterschied.« – »Gott kennt weder das Böse noch den Mangel.« – »Alle Zahlen sind auf das Eine, das Andere und das Seiende zurückzuführen.« – »Gott ist überall, weil er nirgends ist.« – »Die Gegensätze heben sich in der Natur des Einen auf.«

Pico war sich darüber im Klaren, dass einige seiner Thesen häretisch klangen. Deshalb begann der zweite Teil seines Werks mit der Versicherung, er wolle nichts als sicher oder wahrscheinlich vorbringen, was die Kirche und ihr Oberhaupt nicht gutheißen könnten. Aber das Murren der Kurie drang bald bis zu den Ohren des Papstes. Am 20. Februar 1487 versiegelte sein Fischerring eine Breve, welche die Unklarheit der Thesen rügte und eine sofortige dogmatische Untersuchung anordnete.

Die Untersuchungskommission bestand aus fünf Bischöfen und zehn Prälaten unter dem Vorsitz des päpstlichen Majordomus, Jean Monissart, dem Bischof von Tournai. Dieser lud Pico für den 2. März vor das theologische Tribunal, das sich in seinem eigenen Wohnsitz, im päpstlichen Palast bei Sankt Peter, versammelte. Die erste Sitzung sollte sich mit den Thesen befassen, die einen Stich ins Häretische hatten.

Voll Kampfeslust begab sich Pico vor das Tribunal. Er hatte ein Plädoyer vorbereitet, in dem er einerseits seine Jugend als Entschuldigung für seinen Eifer vorbrachte, andererseits aber eine Lanze für das Recht der Wahrheit und der freien Diskussion brach. Die Philosophie, so sprach er voller Eifer, brauche eine Erneuerung, andernfalls werde sie träge und schläfrig.

Aber statt einer Arena hatte der Graf eine Schlangengrube betreten. Außer seinem Pariser Professor Jean Cordier und dem Flamen Jan van Myrle hatte kein einziges der Kommissionsmitglieder je über eine philosophische Frage nachgedacht. Keiner der Theologen beherrschte auch nur ein Wort Griechisch oder Hebräisch, ganz zu schweigen von Aramäisch oder Arabisch. Ein Prälat fragte sogar, welcher Sekte dieser von Pico ständig genannte Kabbala vorstehe. Diese Kanonisten, ob es sich nun um Augustiner, Dominikaner, Serviten oder Minderbrüder handelte, jeder war nur an Dogmen interessiert.

Der gefährlichste Richter war Pedro Garzias, der Bischof von Urgel. Der nächsten Sitzung am 5. März blieben verschiedene Kommissionsmitglieder fern. Der Spanier griff drei Thesen an und bezeichnete Pico als unbesonnen, eitel, gottlos, ketzerisch, magisch, ismaelitisch und jüdisch. Der Graf verteidigte sich weniger hartnäckig als zuvor, nachdem er bemerkt hatte, dass ihm die verbliebenen Mitglieder feindlich gesinnt waren. Er ließ dem Papst mitteilen, dass er sich weigere, noch einmal vor diesem unvollständigen Tribunal zu erscheinen. Am nächsten Tag wurden vier seiner Thesen verurteilt. Am 12. und 13. März sechs weitere. Schließlich wurden dreizehn der neunhundert Thesen verworfen: drei als häretisch, vier als häresienah, drei waren falsch und unrichtig, zwei frevelhaft und frommen Ohren ein Ärgernis und eine nur nach Erläuterung annehmbar. Am Ende unterzeichnete die Hälfte der Kommission das Verbot. Vier Bischöfe waren bereits der ersten Sitzung ferngeblieben, um nicht Stellung beziehen zu müssen. Angesichts des uneinheitlichen Abstimmungsergebnisses nahm sich der Papst Bedenkzeit für seine Entscheidung.

Die häretischen Thesen bezogen sich auf die christliche Glaubenslehre: »Christus ist nur virtuell, nicht wirklich in die Hölle hinabgestiegen«, »Eine zeitliche Todsünde wird nur zeitlich bestraft«, »Das Kreuz wird nicht angebetet«, »Gott kann nicht jede Natur annehmen«, »Origenes ist nicht verdammt«, »Der Glaube hängt nicht vom freien Willen ab«. Die größte Ketzerei war aber vermutlich diese: »Keine Wissenschaft kann die Göttlichkeit Christi besser beweisen als die Kabbala.«

Pico tobte. Statt unsterblichen Ruhms war ihm ewige Schande zuteil geworden. Er zog sich in sein Kabinett zurück und schrieb in zwanzig Tagen und Nächten seine *Apologia*. Darin verteidigte er seine Thesen gegen die von ihm so genannten Barbaren. Der Papst betrachtete dies als Provokation. Am 31. Juli klopfte der Auditeurgeneral bei Pico an und verpflichtete ihn zur Unterzeichnung einer Unterwerfungserklärung, in der er versprach, seine dreizehn Irrlehren nicht länger zu verteidigen. Vier Tage darauf folgte die wahre Rache. Der Heilige Vater verbot jedem bei Androhung der Exkommunikation, die *Neunhundert Thesen* zu lesen.

Der Ketzer

In seiner Bulle ordnete Papst Innozenz VIII. an, alle Exemplare der Neunhundert Thesen zu verbrennen, »auf dass sie nicht mehr sein sollen«. Es war das erste Mal, dass ein solcher Erlass gegen eine Druckschrift ausgestellt wurde. In der Zwischenzeit hatte der Drucker das Werk schon dutzendfach an Neugierige verkauft. Sollte Pico etwa die restlichen Exemplare aufkaufen und sie den Flammen übergeben? Gekränkt missachtete er den Befehl und publizierte nun auch seine *Apologia*. Um sich und den Drucker zu schützen, gab er Neapel als Erscheinungsort an. Das Werk datierte vom 31. Mai 1487. Eine Vordatierung, so meinten seine Widersacher. Am 31. Juli 1487 hatte er ja die Erklärung unterzeichnet, seine Thesen nicht ein weiteres Mal zu veröffentlichen oder zu verteidigen.

»Es müssen Spaltungen sein«, hatte Paulus den Korinthern gepredigt, sonst könne der wahre Glaube niemals offenbar werden. Dies galt auch für das Denken: Aus dem Zusammenprall widersprüchlicher Gedanken entspringt der Funke der Wahrheit. War die Philosophie nicht eine festlich gedeckte Tafel, an der Weise aller

Schulen und Richtungen sitzen, um miteinander zu disputieren? Pico hoffte, dass bald die Zeit da sein werde, in der er als Tischpräsident nachweisen könnte, dass jeder der Tischgenossen einen Teil der Wahrheit verteidigte und sich im Lichte der Einheit der Gegensätze alle strittigen Punkte als Schein erwiesen. Das war der Moment, in dem Platon und Aristoteles Wasser und Wein im selben Fass mischen, worauf Averroes und Avicenna den Becher der Weisheit auf ihr gegenseitiges Rechthaben erheben und Duns Scotus und Thomas von Aquin denselben Becher göttlicher Trunkenheit leeren würden.

Erst da begann Pico zu fürchten, dass die Debatte in Rom niemals stattfinden werde. Er erkannte, dass er das Interesse des Glaubens an der Wahrheit schrecklich überschätzt hatte. Die Bulle vom 4. August, mit der Innozenz VIII. das Werk des Grafen verurteilte, ihn selbst jedoch von persönlicher Schuld freisprach, war noch immer nicht erschienen. War dies Langmut des Seelenhirten oder Erpressung durch die Kurie?

Sein Bruder feuerte ihn an, den Kampf nicht aufzugeben. Die *Apologia*, in der Pico die dreizehn verurteilten Thesen verteidigte, enthielt sechsundvierzig neue Thesen, nicht weniger gewagt als die früheren. Mitglieder der Kurie sprachen von einem Skandal und forderten vom Papst eine erneute Verurteilung. Pico fühlte bei Jean Cordier vor, ob Paris nicht für den Disput geeignet wäre. War der Klerus dort nicht viel freisinniger als in Rom? Jean Cordier schüttelte das mächtige Haupt: Selbst die *Summa theologica* von Thomas hatte man einst in Paris auf den Scheiterhaufen geworfen. Der Papst werde Pico niemals verzeihen, wenn er in seiner Sünde verharrte.

Wer hatte Picos Plan verraten? Rom brodelte von Gerüchten. Man streute aus, der Prinz von Concordia sei nicht mehr in der Stadt. Einige wollten gehört haben, dass er nach Frankreich abgereist wäre. Ihrer Ansicht nach wollte Cordier die Niederlage vor dem theologischen Tribunal ungeschehen machen, indem er seinem Freund in Paris ein neues Turnier des Geistes ausrichtete. Andere flüsterten, der Graf sei Hals über Kopf abgereist, um der päpstlichen Inquisition zuvorzukommen. Ein spanischer Prälat wusste zu berichten, Pico sei auf dem Weg ins ketzerische Deutschland, um dort seine verbotenen Thesen neu auflegen zu lassen.

Das Gemunkel zwang den Papst zum Handeln. Am 15. Dezember 1487 veröffentlichte er endlich die Bulle, die schon seit Monaten in seiner Kanzlei verstaubte. Dies war jedoch nur das Wetterleuchten vor dem Donnerschlag. Weil sich der Graf, so tönte es bereits am nächsten Tag, wiederum versündigt habe, erging an alle Kirchenbehörden die Aufforderung, ihn augenblicklich festzunehmen und unter Bewachung nach Rom abzuführen, wo er vor dem Inquisitionstribunal zu erscheinen habe. Päpstliche Eilboten brachen zu allen Kirchenprovinzen auf. Der Erzbischof von Lucca meldete wahrheitsgemäß, dass sich der Graf in seinem Amtsbereich aufgehalten hatte, aber ausgerechnet an dem Tag abreiste, an dem das Sendschreiben aus Rom eintraf.

Pico, den sein Bruder über die päpstlichen Pläne informiert hatte, war tatsächlich wenige Tage vor dem Haftbefehl aus der Heiligen Stadt geflohen. Ohne Geleitbrief hetzte er auf Landstraßen durch den Kirchenstaat. In Florenz machte er Halt, um seinen kostbarsten und kompromittierendsten Besitz aufzuladen: seine okkulte Bibliothek. Inzwischen war ihm zu Ohren gekommen, dass ihm zwei päpstliche Gesandte auf den Fersen waren, um ihn nach Rom zu bringen. Ihm schien nur ein Land vor den Spürhunden der Kirche sicher zu sein: Frankreich.

Mit dem treuen Cristoforo und einigen Dienern zog er gen Norden. Es schneite, als die Gesellschaft die Alpen überquerte. Auf dem Weg entzifferte Pico in der schwankenden Reisekutsche frierend kabbalistische Texte. Anfang 1488 erreichten sie endlich Grenoble. Er meldete sich beim Statthalter der Dauphiné, Graf Philippe de Savoie, ohne ein Wort über seine Verurteilung und den Haftbefehl zu verlieren. Der eine Graf bot dem anderen ein standesgemäßes Quartier an. Seinem wichtigen Gast (einem Freund des Königs) würden nach dieser anstrengenden Reise ein paar Tage Ruhe gut tun.

Eines Nachmittags kam Cristoforo mit der Nachricht, die päpstlichen Gesandten hätten dem Statthalter ihre Beglaubigungsschreiben überreichen lassen. Pico versuchte seinen erschreckten Sekretär zu beruhigen, aber dieser zeigte auf die Notizen, die auf dem Arbeitstisch ausgebreitet lagen. Ein Laie würde beim Anblick all dieser Blätter voll bizarrer Zeichen gewiss ketzerische, ja teuflische Schriften erkennen. Der Graf befahl, alle Papiere zu sammeln und im Kamin zum Verbrennen aufzustapeln. Cristoforo zögerte und fragte, ob er es denn über sich bringe, die Arbeit von Monaten zu vernichten. »Die Kopien sind an einem sicheren Ort«, lächelte Pico beruhigend. Der Sekretär war verblüfft: »Wo?« – »Hier«, sagte der Graf und deutete auf seine Schläfe. Alles, was er bisher studiert hatte, war in seinem Kopf besser verwahrt als im geheimsten Keller.

Kaum eine Stunde später wurde an die Haustür gehämmert. Es war der Truppenführer mit einem Haftbefehl für den Grafen. In der Halle schnüffelte der Mann, lachte breit und lief die Treppe hinauf, direkt ins Studierzimmer, wo im Kamin noch Glut lag. »Monsigneur, das war eine Dummheit«, sagte er, während er seine Soldaten die Fetzen aufsammeln ließ, auf denen rußgeschwärzte Zeichen nun dämonischer als je zuvor aufleuchteten.

Pico della Mirandola wurde zu Philippe de Savoie gebracht. Der Statthalter entschuldigte sich wegen der Verhaftung. »Die Nuntii warten auf genauere Order aus Rom«, sagte er. »Bis dahin bleibt Ihr mein persönlicher Gefangener.« Pico verneigte sich: »Ihr wisst, was mich in Rom erwartet?« »Ein Prozess, nehme ich an, im schlimmsten Fall eine Verurteilung.« »Im schlimmsten Fall«, wiederholte der Graf bedächtig, »der Scheiterhaufen.« »Warum habt Ihr Eure Papiere verbrannt?«, fragte der Gouverneur. »Um es den Anklägern leichter zu machen?« Pico dachte an den Phoenix: den Vogel, der auf seinen eigenen Scheiterhaufen stieg, um nach drei Tagen aus der Asche wieder aufzuerstehen. Musste auch er sich wie Jesus Christus opfern, um seine ketzerische Wahrheit triumphieren zu lassen?

Der Gefangene wurde mit größtem Zuvorkommen behandelt. Auf seine Bitte wurde ihm Zugang zur Bibliothek gewährt, wo er die Zeit mit Lesen und Lernen verbrachte (zwei Worte, die für ihn schon längst Synonyme waren). Eine lange Woche später kam die unerwartete Nachricht. Nicht aus Rom, sondern aus Paris. König Karl VIII. befahl, den Grafen umgehend in die Hauptstadt zu bringen.

Beim Ritt über die vereisten Straßen überlegte Pico, was ihm wohl bevorstand. Sein Geld hatte er als Bürgschaft abgeben und seine kostbaren Bücher zurücklassen müssen. Das Zweite bedauerte er mehr als das Erste. Bei seiner Ankunft wurde er im Turm der Burg von Vincennes eingeschlossen. Am nächsten Morgen öffnete sich die Kerkertür und oben an der Wendeltreppe zeigte sich eine kleine Gestalt. Der Graf wollte auf die Knie fallen, aber der König hielt ihn zurück und umarmte ihn. Die beiden jungen Männer begannen zu reden, als setzten sie ein am Tag zuvor begonnenes Gespräch fort. Karl erklärte Giovanni, dass er ihn paradoxerweise verhaften lassen musste, um seine Verhaftung zu verhindern. In diesem Turm war er vor seinen Feinden sicher.

Diplomatische Aktivitäten setzten ein. Mit doppelt versiegelten Briefen erkundeten die Gegner das Terrain. Der Dauphin besuchte den Grafen: Gilbert de Montpensier war mit einer Freundin seiner Mutter verheiratet und hatte ihm seine Unterstützung zugesichert. In der Zwischenzeit antichambrierte Picos Bruder Antonio Maria bei den Kurienkardinälen. Und schließlich mischte sich Lorenzo de' Medici mit ein. Er korrespondierte mit seinem Botschafter in Rom und mit dem französischen König. Im März kam es zu einem Kompromiss, bei dem keine der Parteien das Gesicht verlor. Der Graf würde seine Thesen nicht ein zweites Mal verteidigen. Dafür durfte er nach Florenz abreisen, wo er auf Lorenzos Schutz zählen konnte.

In der ersten Frühlingssonne zog Pico über den Großen Sankt Bernhard nach Süden. Er sah die grünen Täler Italiens vor sich liegen und dachte an Hannibal, dem einst die Reuse dieser Halbinsel zum Verhängnis geworden war. In Turin gab ihm Philippe de Savoie Lösegeld und Bücher zurück. Statt jedoch nach Florenz zu reisen, ritt er in die nebelverhangene Poebene.

Je tiefer er in die Emilia vordrang, umso vertrauter wurden ihm die Backsteinhäuser, die Maulbeerbäume, die Pfähle aus Eschenholz, um die sich bald Weinreben ranken würden. Endlich schimmerte die sechseckige Festungsstadt auf. Hier war er vor fünfundzwanzig Jahren geboren worden, als Saturn in die Waage aufstieg. In seinem Zeichen keimt die Melancholie, das Leiden, das Meister Aristoteles zufolge jeden Gelehrten bedroht.

Melancholie beschlich Pico, als er in seine Vaterstadt einritt. Der Prinz von Concordia, dem unbedeutenden Städtchen am Horizont, war nun seit zehn Jahren Waise. Er, der jüngste Sohn, hatte seine beiden Brüder, die seit dem Tod des Vaters einen erbitterten Streit um das Erbe führten, nicht versöhnen können. Galeotto war der Älteste. Schon sein Paladinname bestimmte ihn zum Nachfolger des Condottiere, der mit seinen Söldnern immer dort zu finden war, wo Zwietracht herrschte.

Das Wappen der Stadt hatte Rauten wie ein Schachbrett: Hier kämpfte das Azur des Geistes mit dem Silber der Waffen. Mirandola lag genau in der Mitte des Dreiecks, das die Städte Parma, Mantua und Modena bilden. Dieser Lage verdankte die Festung ihre Unabhängigkeit: Keine der drei Städte würde es je zulassen, dass eine der anderen sie einnähme.

Die Brüder fielen sich um den Hals, Galeotto fragte Pico, ob er seine Gegner geschlagen hätte. Bei seinem Bericht über das großartige Turnier des Geistes begann Giovanni zu seiner Verwunderung in den Armen seines zweiten Vaters zu schluchzen.

Die Frau

Cristoforos Worte klangen in Picos Gedanken nach. Hatte etwa eine Frau Poliziano in den Tod getrieben? Es schien, als offenbare sich ihm ein geheimer Zusammenhang. Jede Tat hat eine Ursache. Was hatte den Tod seines Freundes verursacht? Er ging alle Möglichkeiten, die sich sukzessive zu einem Baum des Porphyrius verzweigten, nacheinander durch.

War die Todesursache innerlich oder äußerlich zu suchen? Poliziano hatte vierzig Jahre gelebt. An Altersschwäche konnte er kaum gestorben sein. Litt er vielleicht an einer schlummernden Krankheit, die plötzlich zum Ausbruch gekommen war? Der Fieberanfall deutete eher auf eine äußere Ursache: eine Ansteckung. Sie konnte von leblosen Stoffen herrühren, etwa von fauligem Wasser oder verpesteter Luft, oder von lebenden Wesen, wie Ratten oder Fliegen, oder von überirdischen Geschöpfen, wie dem Todesengel, der die Söhne der Ägypter getroffen hatte. Im Fieberwahn hatte der Dichter ausgerufen, sein Feind habe ihn gefunden. Sollte sich diese Aussage auf eine Ansteckung beziehen, dann war sie selbst verursacht: durch einen Menschen.

Am Ende seiner Argumentation stellte der Graf erschrocken fest, dass ihn die Logik zum Mitwisser eines Geheimnisses gemacht hatte. Dieser Tod verbarg einen Mord. Wollte er an dem Verbrechen nicht mitschuldig werden, verpflichtete ihn sein Gewissen herauszufinden, wer der Mörder war.

Pico stellte sich die sieben Fragen, die jeder Anwalt zur Sprache bringen muss, wenn er in der Öffentlichkeit ein Verbrechen untersucht. Laut rezitierte er den lateinischen Vers, der sie memorierte: *Quis, quid, ubi, quibus auxiliis, cur, quomodo, quando?* Wer, was, wo, womit, warum, wie, wann?

Wer? war die Frage nach dem Schuldigen des Verbrechens. Diese Frage konnte erst definitiv beantwortet werden, nachdem auf alle anderen Fragen eine Antwort gefunden war.

Was? war die Frage nach dem Gegenstand des Verbrechens. Bei einer Tat mit Todesfolge war das wichtigste Beweisstück die Leiche selbst, das *corpus delicti.*

Wo? war die Frage nach dem Ort, an dem das Verbrechen begangen worden war. War Poliziano in seinem eigenen Haus ermordet worden oder außerhalb?

Womit? war die Frage nach dem Mittel, mit dem das Delikt verübt worden war. In diesem Fall war die Tatwaffe kein Schlagwerkzeug, wie ein Schwert oder ein Beil, kein Stichwerkzeug, wie ein Dolch oder ein Stilett, und kein Würgeinstrument, wie eine Kordel oder ein Kissen, sondern eine viel geheimere Waffe, die einzige, die keine Wunde verursachte, wohl aber Fieber hervorrief: Gift.

Warum? war die Frage nach dem Motiv des Verbrechens. Jedes Verbrechen war die Folge einer menschlichen Schwäche. Das Mordmotiv war vermutlich eine Todsünde. Pico erwog die verschiedenen Möglichkeiten und kam dabei zu sechs verschiedenen Geschichten: Neid, Habsucht, Wollust, Zorn, Gier, Stolz. Konnte man auch aus Trägheit morden? Er zweifelte und verwarf schließlich diese Möglichkeit.

Wie? war die Frage nach den Umständen des Verbrechens. Handelte es sich um einen aus einem Impuls heraus begangenen Totschlag oder einen kaltblütig geplanten Meuchelmord?

Wann? war die Frage nach dem Zeitpunkt des Verbrechens. Falls es sich um einen Giftmord handelte, konnte er seit Monaten vorbereitet sein. Gift konnte tropfenweise verabreicht werden, so dass der Körper langsam geschwächt wurde, dann plötzlich vom Fieber heimgesucht wurde und innerhalb weniger Wochen oder Tage dem inneren Feuer erlag.

Pico war mit seiner Denkarbeit zufrieden. Frau Dialectica hatte ihren Diener noch nie im Stich gelassen und würde es auch diesmal nicht tun. In diesem Augenblick fasste sein unbeugsamer Wille den Entschluss, den Freund zu rächen und dessen Feind zu bestrafen, indem er das Verbrechen durch logisches Nachdenken aufklärte.

Aber wer war dieser geheimnisvolle Feind Polizianos gewesen? Sein älterer Freund hatte in all den Jahren, in denen Angelo und Giovanni philosophische Gespräche geführt hatten, niemals von seinen Gegnern gesprochen, als läge dort die Grenze seiner schonungslosen Offenheit.

Pico und Poliziano waren in mancherlei Hinsicht Gegenpole. Wenn ein Biograf einmal die parallelen Leben der beiden Männer nach dem Vorbild Plutarchs beschreiben wollte, würde er nur feststellen können, dass sie nach dem frühen Tod ihrer Väter völlig verschiedene Laufbahnen eingeschlagen hatten. Giovanni hatte niemals selbst für seinen Lebensunterhalt sorgen müssen, während Angelo als Sekretär in der Kanzlei von Lorenzo de' Medici seinen Lebensunterhalt bestreiten musste. Pico hatte bis zu seinem dreiundzwanzigsten Lebensjahr seinen Geist an verschiedenen Universitäten genährt, Poliziano war einundzwanzig, als ihm Lorenzo die Erziehung seiner Söhne anvertraute. Der Gelehrte hatte sich ausgewiesene Griechisch-, Hebräisch- und Arabischlehrer erlauben können, der Dichter hatte seine legendäre Kenntnis der klassischen Sprachen zum größten Teil im Selbststudium erworben. Nach dem Protonotariat im jugendlichen Alter hatte Pico della Mirandola alle kirchlichen Würden abgelehnt, während Angelo Poliziano sein ganzes Leben auf der Suche nach Pfründen gewesen war und es lediglich zum Kanoniker im Kapitel von Florenz gebracht hatte.

Das war nicht die einzige Enttäuschung im Leben Polizianos geblieben. In seinem Gedicht *La Giostra*, Das Turnier, hatte er den Sieg von Lorenzos Bruder Giuliano im städtischen Turnier von 1475 besungen. Aber das Glück der Medici erntete gleichermaßen Neid wie Ruhm: Bei einem Anschlag in der Kathedrale wurde Giuliano ermordet. Angelo fand keine Erfüllung in seinem Dasein als Hauslehrer von Lorenzos Söhnen Piero und Giovanni. Donna Clarissa wünschte, dass ihre Söhne keine heidnischen Gedichte lesen sollten, sondern Psalmen. Verletzende Worte fielen in der Vialla di Cafaggiolo, wo er seine wenig wissbegierigen Schüler unterrichtete. Lorenzo entschuldigte sich für seine fromme römische Gattin und entband den Dichter-Philologen von seiner Lehrtätigkeit. In der Villa der Medici bei Fiesole trösteten toskanische Verse Polizianos Gram über die Vergangenheit und seine Furcht vor der Zukunft.

Dann kam es zum Bruch mit seinem Gönner. Jemand (ein Feind?) musste ihn verleumdet haben. Im Dezember 1479 sagte Poliziano der Villa Lebewohl. Er irrte von einer Stadt zur nächsten, bis ihn schließlich Kardinal Gonzaga nach Mantua holte. Dort dichtete er binnen drei Tagen seinen *Orfeo*: ein Schäferspiel über den griechischen Sänger, der seine teure Geliebte verlor und in die Unterwelt hinabstieg, um ihren Schatten wiederzufinden.

Heimweh zog Poliziano wieder nach Florenz. Er schrieb Lorenzo einen langen Brief und bat ihn wegen seines reizbaren Charakters um Vergebung. Der edelmütige Herr nahm den verlorenen Sohn wieder auf und stellte ihn sogar an die Spitze der Florentiner Akademie. Hier bewies er in seinen Glossen zu den Klassikern seine unvergleichliche Kenntnis des Griechischen und Lateinischen. Aber es dauerte nicht lange, bis er in literarische Kontroversen verwickelt war. Die griechischen Gelehrten in Florenz sahen auf den Mann herab, der behauptete, ihre Muttersprache besser zu kennen als sie selbst. Michael Marullus von Konstantinopel fand mit seinen frivolen Versen den Beifall der italienischen Höflinge. Diese gekünstelte Unklarheit ärgerte den immer klar denkenden Dichter.

Neuer Bibliothekar der Medici war einer der Griechen, die nach dem Fall Konstantinopels nach Italien entkommen konnten. Janos Laskaris ging in den Klöstern des Ostens auf Jagd nach Manuskripten. Sein bester Fang war der Codex, in dem »der letzte Grieche«, der byzantinische Mönch Maximos Planudes, die pikantesten und elegantesten Epigramme Hellas' zusammengetragen hatte. Poliziano war aufgebracht, dass Laskaris diese *Anthologia* Piero de' Medici widmete, der als Schüler nichts als Widerwillen gegen griechische Dichtung demonstriert hatte. Der hochfahrende junge Mann war nach dem Tod seines Vaters an die Macht gekommen und zeigte seinem früheren Lehrer mit allen Mitteln, dass er in seiner Umgebung nicht länger erwünscht war.

Dann kam die letzte Enttäuschung. Poliziano hatte den neuen Papst um die Verleihung eines Ehrenamtes gebeten. Seine Heiligkeit Alexander VI. teilte mit, es würde ihm behagen, seinen gelehrten Diener zum apostolischen Bibliothekar zu ernennen; über den Kardinalspurpur, auf den der Kanoniker schon lange hoffte, schwieg er sich jedoch aus. Angelo zog sich wie ein gekränkter Achill zurück, bis ihn das Fieber ereilte, dem er erliegen sollte.

Jetzt, wo Pico das Leben Polizianos überdachte, wurde ihm bewusst, wie viel bewegter und schmerzlicher es gewesen war als sein eigenes. Nicht einmal ein friedlicher Tod war seinem Herzensfreund vergönnt gewesen. Der Meister der Form war unter so schrecklichen Schmerzen gestorben, dass sein Schwanengesang zum Notschrei geworden war. Wusste Angelo, wer ihn ermordet hatte? Diese Frage brachte den Grafen auf einen Gedanken. Vielleicht gab es doch einen Menschen, der die Geheimnisse von Polizianos Seele noch besser kannte als Savonarola.

Pico legte sich einen grauen Umhang über die Schultern und machte sich in der Dämmerung auf den Weg ins Armenviertel. Während er in das Labyrinth aus immer enger werdenden Gassen vordrang, dachte er an die Frauen, die er gekannt hatte. Sein Fleisch (nein, sein Geist) war schwach gewesen. Als er das Haus gefunden hatte, trat er mit seinem schlammverschmierten Stiefel gegen die Tür. Der bleiche Tod klopft mit dem Fuß an die Hütten der Armen wie die Paläste der Reichen, hatte Horaz gesagt. War er etwa der Tod?

Im Türspalt sah man ein Kinderauge. »Was ist, Messer?«, fragte wispernd ein Mädchen. »Hole deine Mutter«, sagte Pico, »ich habe etwas mit ihr zu besprechen.« Das Auge verschwand und die Tür fiel zu. Aus Furcht, von den Vorübergehenden erkannt zu werden, pochte Pico mit den Knöcheln gegen das knorrige Holz.

Die Tür schleifte über den Lehmboden. Ein überraschter Ausdruck trat in ihr Gesicht, als die Frau die Kleidung des Gastes sah. Dann verneigte sich der rote Hennaschopf vor ihm: »Tretet ein, Messer, tretet ein.« Unbehaglich spähte Pico in dem Dunkel um sich, wo seine kurzsichtigen Augen zunächst nur die Umrisse eines Tisches und einer Bank erkannten und tiefer im Raum einen Alkoven vermuteten.

»Möchtet Ihr etwas trinken?«, fragte die Frau und wischte ihre Hände an dem roten Mieder ab, aus dem ihre Brüste fast bis zu den Brustwarzen herausquollen. Pico schüttelte den Kopf: »Ich komme nicht zum Trinken und auch nicht zum …« Er schwieg verlegen, als ihm die Frau zuwinkerte. »… aber Ihr werdet Euer Geld bekommen«, fügte er hastig hinzu. »Ich möchte Euch nur etwas fragen. Kennt Ihr die Mädchen aus der Nachbarschaft?« Die Frau nickte. »Ich suche ein Mädchen, das manchmal abends nach Fiesole geht.« »Davon weiß ich nichts«, sagte die Frau. »Auf einem Maulesel.« »Nein, Messer.« »Kennt Ihr vielleicht Angelo Poliziano, den Kanoniker?«, versuchte es Pico weiter.

»Nie gehört«, antwortete sie ablehnend.

Da hatte der Graf eine Eingebung: »Kennt Ihr vielleicht ein Mädchen, das Simonetta heißt?«, fragte er. Die Frau sah ihn müde an. Dann sagte sie langsam: »Simonetta ist tot.«

Das Mädchen

Unten in seinem Gamslederbeutel fand Pico einen Florin. Die Frau nahm das Goldstück und ließ es in den Spalt zwischen ihren Brüsten gleiten. Während sie dem Grafen aus dem schweren Umhang half, tippte sie mit der Fingerspitze kurz an das Medaillon, das an einer Kette um seinen Hals hing.

In dem Emblem, das Pico vor zehn Jahren für sich entworfen hatte, hielten sich drei nackte Frauen umschlungen. Die mittlere ließ ihre Hand leicht auf der Schulter der linken ruhen, wandte aber schon sehnsüchtig den Blick nach rechts. Im Gegensatz zu den beiden anderen, die ihre Körper schamlos zur Schau stellten, wandte diese Grazie dem Betrachter scheu den Rücken zu.

Die Frau zeigte auf die Buchstaben über dem Bronzebild und fragte: »Was steht dort?« Pico las die drei lateinischen Worte vor und übersetzte sie: »PULCHRITUDO – AMOR – VOLUPTAS: Schönheit – Liebe – Wollust.« Er begann zu erklären, wie jede Liebe aus dem Anblick der Schönheit entspringt und in die Erfüllung dieses Verlangens mündet.

Plötzlich erhob sich in ihm eine unklare Begierde, die rothaarige Frau zu packen und mit sich in das dunkle Nest dort hinten zu ziehen, um sich in den warmen Ausdünstungen ihres Schoßes lebendig zu begraben und in einer lange nicht mehr erlebten Lust zu entflammen. Aber er zügelte seine Leidenschaft und schloss mit fester Stimme: »Es geht nicht um die Liebe zwischen Menschen, sondern um die Liebe zu Gott.«

»Sind das denn keine Frauen, die sich umarmen?«, fragte die Frau ungläubig. Bedächtig rieb Pico seinen Nasenflügel. Wie konnte er ihr anschaulich machen, wie ein Sinnbild funktioniert? Oder war etwa ein Mann, der mit seinen Paradoxa jeden Gelehrten seiner Zeit zum Schweigen brachte, nicht einmal in der Lage, einer Frau aus dem Volk zu erklären, wie Gott hier in dreifacher Gestalt dargestellt wurde? Zuallererst war Gott die vollkommene Schönheit, die sich selbst genügt. Zugleich war Gott auch der Überfluss der Liebe, die eine Welt erschafft, um sich in sie zu ergießen. Und schließlich war Gott die höchste Lust, die zu ihrem Ursprung zurückkehrt und mit sich selbst versöhnt.

»Diese Frauen sind keine wirklichen Frauen«, sagte er. »Sie stehen für etwas anderes. Es gibt einige Dinge, die man nicht mit Worten ausdrücken kann.« Sie sah ihn fragend an.

»Nimm zum Beispiel die Schönheit. Es gibt sehr viele schöne Dinge auf der Welt: Edelsteine, Blumen, Vögel, Menschen … Sie sind sich alle ziemlich unähnlich, und dennoch haben sie etwas gemeinsam: die Schönheit. All das Schöne vergeht, aber die Schönheit bleibt. Wir sehen zwar die Formen der Schönheit, aber die Schönheit selbst können wir nicht sehen.«

»Warum nicht?«

»Weil sie zu einer anderen, zu einer höheren Welt gehört«, sagte Pico unbeirrt, »zu der des Geistes. Und dennoch brauchen wir Menschen ein Bild, um uns die Schönheit vorstellen zu können. Das Schönste, was wir kennen, ist der Körper einer Frau. Aber der Körper einer Göttin ist vollkommener als der eines Menschen. Daher ist die Schönheit hier als nackte Göttin dargestellt.«

Die Frau lauschte mit aufeinander gepressten Lippen. Wahrscheinlich hatte sie noch nie einen Kunden gehabt, der vor ihr eine philosophische Erörterung gehalten hatte. Von ihrer Aufmerksamkeit geschmeichelt, fuhr Pico fort. Vor zweitausend Jahren, sagte er, hätte ein Weiser entdeckt, was die Liebe ist. Er sah sie an und wiederholte den göttlichen Satz aus Platons *Symposion*:

»Liebe ist Verlangen, das von der Schönheit geweckt wird.«

»Das glaube ich nicht«, sagte die Frau.

»Was soll denn Liebe sonst sein?«, fragte Pico gereizt.

»Das weiß doch jeder, was Liebe ist«, sagte die Frau. »Liebe ist, was man für einen anderen fühlt, zum Beispiel, was eine Mutter für ihr Kind fühlt.«

Sie deutete auf den Alkoven hinter sich, wo Pico jetzt das Mädchen sah, das ihm geöffnet hatte und nun still dalag und ihnen zuhörte. Plötzlich war er beschämt, weil etwas seine Lust erregt hatte, das oberflächlicher und zugleich tiefer war als die Schönheit: ein Körper.

»Erzähl mir von Simonetta«, sagte er plötzlich.

»Nehmt Platz, Messer«, antwortete die Frau.

Erst jetzt begriff der Graf, warum er den Namen Simonettas erwähnt hatte. Poliziano war ein Dichter und wie alle Dichter ständig auf der Suche nach ein und demselben. Er suchte nach Echos der Laute, nach Worten, die miteinander korrespondierten, nach Reimen, die sich in immer gleichen Strophen wiederholten, nach Bildern, die als sehnsüchtige Träume wiederkehrten.

Angelo hatte in allen Frauen, die er besang, immer nur eine einzige Geliebte gesehen. Als ihm Simonetta Vespucci begegnet war, hatte er in ihr die Frau erkannt, die seine Mutter, Schwester und Tochter hätte sein können. Als das Mädchen gestorben war, hatte er versucht, ihren Schatten in seinen Gedichten wieder zum Leben zu erwecken. Und nachdem diese Versuche fehlgeschlagen waren, hatte er ihren Körper bei den Frauen gesucht, die sich fremden Männern hingaben. Und als er dort ihr Bildnis nicht finden konnte, hatte er sich wie jeder wahre Dichter in einen Namen verliebt: Simonetta.

Picos Vermutung war richtig gewesen. Unbewusst war er dem Weg der Kabbala gefolgt, die das Wesen der Dinge in den Lauten der Wörter wiederfand und das Rätsel Gottes aus den Zeichen seines Namens aufspürte.

Seine Augen hatten sich inzwischen so sehr an das Dunkel gewöhnt, dass er die Zuhörerin genauer betrachten konnte. Sie hatte sich mit Irispuder geschminkt, vermutlich weniger, um eine weiße Haut vorzugaukeln, als um die Pockennarben zu verdecken, die ihre Haut verunstalteten. Nur der grüne Schimmer ihrer weit auseinander stehenden Augen verriet etwas von dem verführerischen Reiz, den ihr verwelkter Leib einst ausgestrahlt haben musste. Als sie sprach, sah er, dass ihr zwei Zähne fehlten. Im ganzen Viertel kannte sie nur eine Frau namens Simonetta. Das Mädchen war vorgestern, am Vorabend des Allerheiligenfestes, an einem unbekannten Fieber gestorben.

»Hat sie hier in der Nähe gewohnt?«, fragte er.

»Nein, ein Stück weiter, am Ufer des Arno.«

»Allein?«

»Sie wohnte bei ihrer Patentante.«

»Einer alten Frau?«, fragte Pico, weil er sich an die Erzählung Cristoforos erinnerte.

»Ja, noch älter als ich«, sagte die Frau bitter.

»Und warum hat sie nicht bei ihren Eltern gewohnt?«

»Anscheinend sind es arme Pächter, mit zu vielen Kindern, die sie nicht alle durchfüttern können. Sie haben ihre älteste Tochter zum Geldverdienen in die Stadt geschickt.«

»Wie?«

»Mit dem Einzigen, was sie besaß«, antwortete die Frau. »Und jetzt ist sie tot. Das ist es, was Frauen wie uns erwartet. Entweder bringen uns die Männer wegen unseres Geldes um, oder wir kriegen Kinder von ihnen und krepieren im Wochenbett.«

Sie seufzte. Pico tastete wieder nach seinem Beutel, aber sie machte eine abwehrende Gebärde:

»Nein, Messer, Ihr habt mir schon zu viel gegeben. Eine Frau wie ich kann einen vornehmen Mann wie Euch doch nie mit etwas erfreuen.«

»O doch«, sagte Pico. »Erzählt mir mehr. Wisst Ihr etwas über die Kunden des Mädchens?«

»Sie war noch ein Kind. Um sie zu schonen, versteckte sie ihre Tante vor dem einfachen Volk und gab sie nur den reichen Herren, die auf Jungfrauen aus sind.«

»Auf Jungfrauen?«

»Ja, sie haben eine Heidenangst vor den Krankheiten,

die man sich heutzutage bei Frauen holen kann. Deshalb wollen sie Mädchen, die noch kein anderer berührt hat.«

»Sie können doch schwerlich Jungfrau bleiben?«

»Es gibt Mittel, Männer glauben zu lassen, dass sie mit einer Jungfrau schlafen. Ich sollte es Euch eigentlich nicht erzählen, Messer, aber ich sehe an Eurer Kleidung, dass Ihr nicht zu unseren Kunden gehört. Wie kommt Ihr zu meiner Adresse?«

»Mein Hausknecht hat sie mir gegeben«, antwortete Pico frostig. »Sagt, wann wird das Mädchen begraben?«

»Morgen früh«, antwortete die Frau, »in der kleinen Kapelle der Minderbrüder. Ich kenne sie kaum. Sie hat kein halbes Jahr hier gewohnt. Vorgestern hat sie noch gelebt, jetzt ist sie tot. Was soll aus meiner kleinen Tochter werden? Ich wollte sie nicht ins Ospedale bringen.«

Sie hob das widerstrebende Kind aus dem Alkoven und drückte es an ihren faltigen Busen. Pico nahm seinen Mantel, legte einen Florin auf den Tisch und verließ eilends das Haus.

Am nächsten Morgen sah Cino überrascht auf die schwarzsamtene Mütze und das Wams seines Herrn. Pico versuchte seinem Leibdiener zu erklären, dass er noch immer um Poliziano trauerte. Vielleicht stimmte die Notlüge auch. Als er zum Ufer des Arno kam, hing Herbstnebel wie ein Leichentuch über dem Wasser. Wenn er den Mut fände, diesen Styx zu überqueren, würde er vielleicht dem Schatten seines Freundes wieder begegnen.

Aber der Graf begab sich zu der kleinen Kapelle, vor der eine kleine Gruppe Frauen durchgefroren wartete. Als er sich zu ihnen stellte, übertönte ein Zischen das Schluchzen. Misstrauische Augen musterten ihn. Nachdem die Campanileglocke siebenmal geschlagen hatte, kam der Leichenzug um die Ecke. An seiner Spitze gingen der Ministrant und ein grauer Priester. Dahinter trugen vier Minderbrüder einen weißen Holzsarg. Das Tor der Kapelle öffnete sich auf wundersame Weise. Das Gefolge zog in den fensterlosen Raum. Hinter dem Sarg hinkte eine alte Frau, die ein schwarzes Kopftuch wie einen Schleier an ihre Wangen drückte. Nach ihr schlurften die anderen Frauen in die Kapelle.

Der Sarg wurde im Mittelgang zwischen zwei Kandelabern aufgestellt. Der Graf blieb hinten in dem feuchtkalten Raum stehen und nahm so am Gottesdienst teil. Der Priester kniete in schwarzem Kasel vor dem Altar nieder und betete mit leiser Stimme. Er flehte den Herrn an, Er möge Simonetta die Sünden ihres kurzen Lebens vergeben. Hatte sie nicht wie die heilige Maria Magdalena viel geliebt?

Nach der Messe trat der Priester wieder in den Mittelgang. Er umkreiste zweimal den Leichnam, schwenkte dabei das Weihrauchfass und besprenkelte ihn mit Weihwasser. Dann nahmen die Träger den offenen Sarg wieder auf die Schultern. *In paradisum deducant te angeli* – Mögen dich die Engel ins Paradies geleiten. Würde Angelo sie dort wiedersehen?

Während Pico dem Zug zu dem Gottesgarten unter den Zypressen folgte, dachte er an den kleinen Mädchenkörper im Sarg. Sie ging nun den Weg allen Fleisches. Savonarola hatte von der anderen Simonetta gesprochen, die heute schon vergangen war wie Gras. Nun neigte sich der Priester zu einem letzten Segen über das fast durchscheinende Gesicht der Toten. Zur Überraschung des Grafen nannte er sie Maria.

Das Grab

Stand er am falschen Grab? Der Priester hatte die Tote nicht Simonetta genannt. Neugierig näherte sich der Graf dem Grabesrand. Drei der Minderbrüder ließen den nun geschlossenen Sarg an Seilen in die schmale Grube hinab. Als die leichte Last mit einem Aufprall zum Stillstand gekommen war, nahm die alte Frau einen Klumpen frischer Erde und zerkrümelte sie in das offene Grab. Eine graugekleidete Frau nach der anderen folgte ihrem Beispiel.

Pico wartete bis zuletzt. Er zog seinen schwarzen Samthandschuh aus, beugte sich vor und griff in die feuchtkalte Erde. Ein kleiner Stein prallte auf den weißgeäderten Sarg. Gedenke, o Mensch, dass du Staub bist und wieder zu Staub wirst. Niemand, nicht einmal er, hatte an eine Blume für sie gedacht, mystische Rose.

Der Priester verabschiedete sich von der alten Frau und verschwand mit den vier jungen Fratres. Der Totengräber begann mit seinem kurzen Spaten langsam Erdbrocken in die Grube zu schieben. Die Frauen aus dem Volk bildeten ein graues Spalier vor der Patentante des Mädchens. Eine nach der anderen nahm ihre Hand, flüsterte stille Worte des Trostes und ging danach, wie von einer Last befreit, schnell davon. Auch diesmal war der Graf der Letzte. Er war als Einziger in Schwarz gekleidet, als sei er der Tod, der auf dem Gottesacker erschienen war, um sich zu vergewissern, dass die Schicksalsgöttin ihren Auftrag ordnungsgemäß erfüllt hatte.

Er ging zu der alten Frau und sah ihr in die rot geweinten Augen. Was hatten sie in diesen letzten Tagen gesehen? Ihm lag eine Frage auf der Zunge, aber er hielt sie zurück und sprach ruhig: »Signora, erlaubt mir, Euch im Namen eines anderen, der nicht mehr selbst kommen kann, mein Beileid auszusprechen.«

Die Frau schüttelte langsam den Kopf: »Ich kenne Euch nicht, Messer.«

»Ich bin ein Freund des ehrwürdigen Herrn Poliziano«, sagte Pico, ohne seinen Namen zu nennen.

Die Frau blickte plötzlich misstrauisch: »Poliziano? Der ist doch tot. Wie Maria.«

»Hieß sie Maria?«, fragte Pico und nickte zum Grab hin, das neben ihnen zugeschüttet wurde.

»Natürlich hieß sie Maria.«

»Warum war sie dann als Simonetta bekannt?«

Die Frau verzog schmerzlich das Gesicht, als erinnere sie der Name an etwas, an das sie nicht denken wollte.

Schließlich sagte sie: »Wir haben sie so genannt, weil er es so wollte.«

»Wer?«

»Hochwürden. Habt Ihr das nicht gewusst?«

»Ihr müsst mir alles erzählen«, sagte Pico. »Es ist wichtig. Es geht um seinen Tod und vielleicht auch um ihren. Wo können wir unter vier Augen sprechen?«

»Hier«, antwortete die Frau bitter. »Ihr seht doch, dass niemand mehr da ist.«

Der Graf schaute sich rasch um und sah den kleinen Friedhof verlassen unter dem bleigrauen Himmel liegen. Er deutete auf eine Steinbank neben einem Familiensarkophag. Gemeinsam wanderten sie in dem noch immer nebelverhangenen Garten dorthin. Er dachte an seine greise Mutter, die tot war wie das blonde Mädchen, das jetzt seine kurze Reise in das Vergessen angetreten hatte.

Als sie schließlich nebeneinander saßen, stellte sich der Graf schlicht als Giovanni Pico vor. Er erzählte ihr, was er über den Tod seines Freundes gehört hatte, verschwieg jedoch, was er befürchtete: dass hinter diesem Tod ein Mord steckte. Ihrerseits erzählte ihm die alte Frau, wie sie für das noch so junge und unerfahrene Mädchen einen reichen Beschützer gesucht hatte. Über einen Diener von Hochwürden war sie mit dessen Gutsverwalter in Verbindung gekommen. Sie hatten vereinbart, dass sie das Mädchen einmal wöchentlich in der Abenddämmerung zur Villa in Fiesole bringen solle, um dort seinen Herrn zu treffen. Er versprach, das Mädchen, unter der Voraussetzung, dass sie keine anderen Männer empfinge, großzügig für seine Dienste zu entlohnen. Die Tante hatte das unerwartete Angebot nur zu gern angenommen.

Polizianos Verwalter hatte also selbst die heimlichen Treffen seines Herrn mit dem Mädchen in die Wege geleitet. Pico nahm sich vor, ihn so schnell wie möglich danach zu fragen. Inzwischen erläuterte die Frau, wie der Kanoniker das Mädchen verpflichtet hatte, endgültig einen anderen Namen zu tragen.

Pico biss sich auf die Lippe. Durch seine falsche Vermutung hatte er doch richtig geraten. Sein Freund hatte Maria in Simonetta umgetauft, um seine alte Liebe aus der Asche auferstehen zu sehen. So war das Wort wieder Fleisch geworden. Aber indem er seinem Traum einen Körper gab, hatte er ihn zugleich zur Vergänglichkeit verurteilt. Wie die erste war auch die zweite Simonetta jung gestorben. Hatte der Name ihr den Tod gebracht?

»Wann ist Simonetta krank geworden?«, fragte er.

»Vor zehn Tagen ist das Leiden wiedergekommen«, antwortete die alte Frau.

»Was für ein Leiden?«

Die Frau zog ihr Kopftuch enger um sich. »Ich weiß es nicht«, sagte sie. »Menschen wie wir haben kein Geld für einen Arzt. Als sie nach dem Tod von Hochwürden dieses Fieber bekam, dachte ich zuerst, der Liebeskummer hätte sie krank gemacht, aber es ging ihr schnell besser. Nach zehn Tagen kam das Fieber wieder. Sie klagte über Schmerzen in ihren Gedärmen und konnte keine Nahrung mehr bei sich behalten. Am Ende fiel sie in Fieberträume. Vor vier Tagen habe ich den Minderbruder gerufen, damit er ihr Kräuter geben sollte, aber nachdem er ihre Beichte gehört hatte, sagte er, er könne nichts mehr tun. Sie ist am nächsten Abend gestorben.«

»Wann haben sich der Kanoniker und sie zum letzten Mal gesehen?«

»Als ich hörte, dass Hochwürden krank geworden war, fand ich es sicherer, ihn nicht mehr aufzusuchen. Ich hatte Angst, dass sich Maria die Pest holen könnte. Aber sie wollte ihn mit aller Gewalt sehen und sprechen.

Ich habe versucht, es ihr auszureden, aber sie hörte nicht auf zu bitten, und so sind wir eines Abends doch noch einmal zur Villa geritten …« Die Frau schwieg unvermittelt.

»Und dann?«, fragte Pico.

»Es war schon ein Besucher da«, sagte sie zögernd.

»Wer war das?«

»Ein Priester«, gestand sie.

»War es Frate Girolamo?«

Sie nickte, halb beschämt: »Ihr wisst alles, Messer.«

»Hat er eine von Euch beiden gesehen?«

»Nein. Er kam wegen der Letzten Ölung. Wir haben in einem Nebengelass gewartet. Als er weg war, sind wir zusammen ins Schlafzimmer gegangen.«

»Wie sah Poliziano aus?«

»Er lächelte in sich hinein, als hätte er keine Schmerzen mehr. Als er uns erkannte, bat er mich zu gehen. Maria blieb bei ihm und wachte. Ich wartete draußen auf einer Bank, aber ich bin eingeschlafen. Als sie mich am frühen Morgen weckte, sagte sie, er wäre tot. Dann sind wir gleich aufgebrochen.«

»Konntet Ihr denn unbemerkt das Haus verlassen?«

»Es gibt eine geheime Pforte, durch die wir immer hinein und hinaus konnten, ohne gesehen zu werden.«

»Kannte der Verwalter diese Pforte?«

»Aber natürlich«, antwortete die Frau. »Er war es, der den Riegel von innen aufschob. Er hat uns auch an diesem Abend eingelassen. Aber als wir an seine Zimmertür klopften, um zu sagen, dass der Kanoniker gestorben war, hat niemand geantwortet. Ich hatte Angst, dass uns das Gesinde bemerken würde, und deshalb sind wir schnell gegangen. Drei Tage später haben wir gehört, dass Hochwürden schon am nächsten Tag begraben werden sollte.«

Pico dachte nach. Maria war demselben Fieber erlegen wie Poliziano. Sie hatte seine allerletzten Worte gehört. Wurde sie vergiftet, weil sie zuviel wusste?

»Hat Euch Maria etwas über den Tod von Hochwürden erzählt?«

»Sie sagte, er wäre ruhig in ihren Armen eingeschlafen.«

»Hat er ihr noch etwas gesagt?«

»Ich weiß es nicht«, sagte die Frau. »Ich habe sie nicht danach gefragt, und sie hat auch nichts darüber erzählt.«

»Vielleicht hat sie irgendwo etwas aufgeschrieben?«

Die Frau zuckte mit den Schultern: »Wir können nicht schreiben.«

Da kam Pico ein Gedanke: »Wie kommt es, dass ihre Eltern nicht beim Begräbnis waren?«

»Sie haben es nicht gewagt, in die Stadt zu kommen.«

»Warum nicht?«

»Aus Scham, weil sie Maria zu mir geschickt hatten«, sagte die Frau und stand auf.

»Wie alt war Maria?«

»Vierzehn Jahre, Messer«, antwortete die Frau.

Pico schwieg verlegen. Schließlich suchte er in seiner Börse und sagte: »Ich werde Euch etwas für ihr Begräbnis geben.«

Aber die Frau wehrte ab und murmelte: »Der Gutsverwalter von Poliziano hat die Totenmesse bezahlt.«

»Francesco? Warum?«

»Er hat gesagt, dass er ein Versäumnis seines Herrn gutmachen wollte. Ihre Eltern sollen bald das Geld bekommen.«

»Marias Schwestern sollen nicht mehr zu mir geschickt werden«, sagte sie. Sie stand auf und verabschiedete sich.

Pico war so schockiert von dem, was die Frau erzählt hatte, dass er noch eine Weile in Gedanken versunken sitzen blieb. Er hätte ihr Geld geben sollen, um Seelenmessen für die Verstorbene zu bestellen. Aber das konnte er noch gutmachen. Er dachte an die andere Simonetta. Simonetta Vespucci war in Porto Venere geboren, dem Hafen der Venus, dem Küstenort, wo die Göttin aus den Wogen aufgestiegen war. Das Mädchen war nach Florenz gekommen und hatte die Stadt mit ihrer Schönheit aus der Fassung gebracht. Giuliano de' Medici hatte sich in sie verliebt, wie der Kriegsgott für die Liebesgöttin entflammt war. Er hatte sie von Alessandro di Mariano Filipepo, dem Maler Sandro Botticelli, auf das Banner malen lassen, mit dem er ins Turnier gezogen war. Alle Frauen verehrten das Mädchen, alle Männer beteten sie an. Aber sie war ihrem Gatten treu geblieben, dem Neffen des Entdeckungsreisenden Vespucci. Wen die Götter lieben, den nehmen sie jung zu sich. Als sie starb, war sie kaum dreiundzwanzig Jahre jung. So hatte die Pflugschar des Todes auch Dantes Beatrice und Petrarcas Laura wie Mohnblumen geknickt.

Aber sie lebte in den beiden Gemälden weiter, die Giovannis Freund Sandro gemalt hatte: Im einen stieg sie wie eine junge Venus auf einer Schale aus dem Meer auf, die von Frühlingswinden ans Land geweht wurde; im anderen stand sie in sich gekehrt wie eine reifere Venus und träumte von der Jugend, die sie um sich herum unwiederbringlich vergehen sah. Ein solches Gemälde würde diese zweite Simonetta niemals verewigen.

Nicht einmal Poliziano hatte ihrer in einer Pastorale gedenken können. Pico nahm sich vor, sie durch die Vernunft dem Tod zu entreißen.

Das Bildnis

Mit gedankenverlorenem Blick sah Pico in den kugelrunden Spiegel in seinem Schlafgemach. Sonnenblonde Locken leuchteten um sein blasses Gesicht, das dadurch jünger wirkte als die einunddreißig Jahre, die er zählte. Ficino hatte ihn als Sechzehnjährigen einen Engel genannt. Der Graf warf einen Blick auf seine Kleidung und lächelte. Ein schwarzer Engel, also ein Teufel? Luzifer, der alles wissen wollte und daher auf ewig verdammt war.

Er war einen Augenblick unschlüssig, ob er wieder sein karminrotes, mit Goldfäden besticktes Wams tragen sollte, aber der graue Himmel, der sich nicht aufhellen wollte, gebot ihm, in Trauer zu gehen, bis er das Rätsel von Polizianos Tod gelöst hatte.

Er rief Cristoforo zu sich und teilte ihm mit, dass er zu seiner Villa ginge.

»Nach Querceto?«, fragte der Sekretär erschrocken. »Aber doch nicht allein?«

»Weshalb nicht?«, fragte der Graf.

»Weil Krieg ist, Monsignore. Die französischen Truppen rücken näher. Ich habe gehört, dass sich inzwischen überall Räuberbanden herumtreiben, die allein stehende Häuser überfallen und plündern.«

Der Graf beruhigte ihn: »Tagsüber droht keine Gefahr. Du musst dir erst Sorgen machen, wenn ich heute Abend nicht zurückgekommen bin.«

Einen Moment zögerte er noch, ob er den wahren Zweck seines Ausflugs verraten sollte, aber als er nach einer Weile die Anhöhe nach Fiesole hinaufritt, pries er sich glücklich, geschwiegen zu haben. Wenn der Mörder irgendwie herausfände, dass ihm einer nachspürte, würde er bestimmt versuchen, die Spuren seiner Tat zu verwischen.

Jetzt war November. Pico graute vor dem Herbst, diesem Mann mit dem schleppenden Schritt, der in seinem mattgrauen Nebelmantel das Ende des Jahres ankündigte und die Blätter von den Bäumen fegte. Seine Jahreszeit war der Frühling, die Göttin im schimmernden Gewand, die den Reichtum des Sommers in ihrem Schoß barg. So war sie auf dem Tafelbild Botticellis dargestellt, das dieser für Lorenzo di Pierfrancesco gemalt hatte. Lorenzo de' Medicis Neffe, ein ehemaliger Schüler Polizianos und Ficinos, war der Auftraggeber. In dessen Palast in Florenz hatte es Pico schweigend bewundert.

Sogar die Kammerzofen wussten, dass Simonetta Vespucci für die jungen Mädchen Modell gestanden hatte, unter deren Schritten Blüten aufsprossen, für die blühende Frau, die aus ihrem Vortuch Blüten schüttete, und für die reifere Göttin, die um den nahenden Tod des Frühlings trauerte. Über dieser Venus, die sich in der irdischen Dreiheit ihrer Grazien entfaltete, schwebte Amor, blind, weil er als die himmlische Liebe über jedes Verstehen hinausging.

Poliziano hatte ihm die allegorische Bedeutung des

Entwurfs erklärt. Der Betrachter musste das Bild wie ein Buch lesen: von links nach rechts. Ganz links stand der Leser per se, Hermes Trismegistos, der Gott der Schrift und der Philosophie, der die schwarzen Schwaden des Dunkels vertreibt und so die göttliche Wahrheit offenbart, die Liebe.

Pico erkannte, dass nun er die Rolle des Hermes auf sich nehmen musste. Vielleicht konnte ihm das Bild bei der Lösung des Enigmas helfen. Waren nicht das Geheimnis der Liebe und das Rätsel des Todes letzten Endes dasselbe Mysterium? Gott war die Einheit der Gegensätze. Nur wer stirbt, steht Auge in Auge mit der Gottheit. Warum zauderte der Mensch dann an der Schwelle des Todes? Warum konnte er nicht von der irdischen Schönheit lassen, die nur ein Schattenbild der himmlischen Vollkommenheit war?

Vielleicht, weil der Schatten an ihren Ursprung erinnert, wie die Darstellung auf die Wirklichkeit verweist. Picos Lehrmeister hatten ihn die alte Gedächtniskunst gelehrt. Wer einen komplizierten Sachverhalt behalten möchte, muss jedem einzelnen Bestandteil einen Platz in einem sichtbaren Bild zuordnen: einem Saal, einem Haus, einem Park, einer Landschaft, einer Darstellung. Jedes Bestandteil rief ein Wort, einen Begriff, eine Idee hervor. Ihr Zusammenhang ergab sich aus ihrer Stellung im Ganzen.

Wie konnte man Begriffe mit Teilen verbinden, solange man nicht wusste, wie sie zusammenhingen? Pico sah die Lösung vor sich: Wenn die Welt eine Widerspiegelung der göttlichen Ordnung war und die Kunst ein Abbild dieser Widerspiegelung, konnte der Betrachter eines Kunstwerks durch den Nebel der Verweisungen das verborgene Netzwerk erkennen, das alles mit allem verband.

Das erste Problem bestand darin, in dieses Bild Polizianos Tod einzuordnen. Drei männliche Figuren waren dargestellt. Die erste war der kindliche Amor, der seinen Pfeil auf eine der drei Grazien richtete: So hatte Poliziano den verliebten Blitz seines Blickes auf Maria abgeschossen. Die zweite Figur war der Schriftgott Hermes, in den sich diese Grazie verliebt hatte: So war Maria von den Worten des Dichters verführt worden. Die dritte Figur war der Windgott Zephyr, der die Nymphe Chloris in seinen Armen festhielt, während sie ihm in der Gestalt der Flora entwischte: So hatte Poliziano Maria umarmt, als sie ihn wie eine zweite Simonetta verließ.

Aber wo auf dem Bild wurde der Mord verübt? Picos Erinnerung glitt von Gestalt zu Gestalt, die wie erstarrt in der Bewegung verharrten. Hatte sie der Tod des Dichters erstarren lassen? Oder täuschte er sich und zeigte dieses Bild nicht den Tod, sondern das Leben?

Hart presste er der weißen Stute die Sporen in die Flanken und zwang so das bedächtige Tier den letzten Abhang hinauf. Dahinter öffnete sich die Muschel des Tales, in dem die Perle, Polizianos Villa, verborgen lag. Aber unter dem bleiernen Himmel hatte die Landschaft ihren Glanz verloren. Ein Teppich aus Kiefernnadeln dämpfte den Dreischlag der Hufe. Kein Zweig knackte in den Kronen der Pinien. Selbst das Flüstern der Brunnennymphe schien verstummt, als hause das Vergessen bereits in ihrem Strudel. Alles trauerte um den abwesenden Herrn.

Was würde nun mit dem Landgut geschehen, jetzt, wo sein Freund nicht mehr lebte? Das musste er Francesco fragen. Er ritt fast bis zur Pergola des Wohnhauses, hinter der plötzlich eine Dogge hervorsprang. Ein Knecht kam herbeigelaufen und legte den Wachhund an die Kette, der mit seinem Bellen den Schimmel scheu machte. Pico meldete sich bei der Dienstmagd. Er wartete in einem ungeheizten Hinterzimmer, wo ein kleines rundes Bild an der Wand seine Aufmerksamkeit auf sich zog.

Auf dem Tondo zeichnet sich vor einem dunkel aufziehenden Unwetter ein Frauenprofil ab. Trotz der unbeholfenen Hand des Künstlers erkannte er sofort den träumerischen Blick des Mädchens. In ihr blondbraunes Haar waren die Perlenschnüre der Venus geflochten, über ihrem entblößten Busen hing eine goldene Halskette, um die sich eine schwarze Schlange wand. Pico verstand die Anspielung: Das Mädchen war ebenso unerwartet gestorben wie Eurydike, die Baumnymphe, nachdem sie eine Natter gebissen hatte. Der untröstliche Orpheus war ihr ins Totenreich gefolgt und hatte den Gott der Unterwelt gebeten, sie dem Licht zurückzugeben. Aber der Sänger hatte sich auf dem Rückweg zu früh umgedreht und sah so ihren Schatten für immer verschwinden. War Poliziano ebenfalls unvorsichtig gewesen?

»Das ist Simonetta«, sagte eine Stimme.

Pico sah sich um und erkannte Francesco. Polizianos Gutsverwalter begrüßte den Grafen ehrerbietig und stellte sich neben ihn.

»Das Gemälde ist nur eine Kopie«, sagte er. »Es stammt von einem Schüler Sandros, der das Mädchen niemals mit eigenen Augen gesehen hat.«

»Ein Bild ist immer eine Kopie«, lächelte Pico. »In gewissem Sinne ist alles, was wir sehen, eine Kopie. Sogar wir sind Widerspiegelungen göttlicher Ideen.« Sein leichter Ton wechselte plötzlich, als er Francesco ansah: »Wie die zweite Simonetta eine Imitation der ersten war.«

Francesco runzelte die Brauen: »Die zweite? Was wollt Ihr damit sagen, Monsignore?«

»Das wisst Ihr wohl«, antwortete Pico. »Ich spreche von der Geliebten Polizianos. Es hat keinen Sinn, zu leugnen. Ihre Tante hat es mir gesagt. Ich weiß, dass sie häufig hierher zu Besuch kam, und ich weiß, dass sie in der Nacht seines Todes bei ihm war. Warum habt Ihr mir das nicht geschrieben?«

Der Gutsverwalter schluckte: »Aus Pietät. Ich wollte seinen guten Namen rein halten. Übrigens, was macht es noch aus? Er ist tot und sie ist tot ...«

»Woher wisst Ihr, dass das Mädchen tot ist?«

»Ich habe es in der Stadt gehört, Monsignore.«

»Von wem?«

»Vom Frate«, gestand Francesco widerstrebend.

»Ist es indiskret, wenn ich Euch frage, weshalb Ihr mit Girolamo gesprochen habt?«

»Nein, Monsignore. Es ging um das Erbe meines Herrn. Er hat ein Testament gemacht, in dem er seinen gesamten Besitz den Dominikanern in Florenz vermacht. Ich wollte den Frate fragen, was nun aus mir wird.«

»Und was hat er geantwortet?«

»Er hat mir versprochen, die weltlichen Angelegenheiten des Ordens beherzigen zu dürfen. Darf ich Euch etwas zu trinken anbieten, Monsignore?«

Als die Dienstmagd den Wein brachte, beobachtete Pico, wie Francesco ihr vertraulich die Hand auf den

Arm legte. Wie der Herr, so der Knecht. Er sagte, er wolle die Villa noch einmal sehen, vielleicht zum letzten Mal. Während sie durch das Haus wanderten, fragte er wie beiläufig: »Wo wart Ihr, als Angelo starb?«

»Oben in meinem Zimmer. Ich habe geschlafen.«

»Habt Ihr denn kein Geräusch gehört?«

»Nein, Monsignore.«

»Wisst Ihr, woran Poliziano gestorben ist?«

»Es war eine schreckliche Krankheit«, sagte der Gutsverwalter mit gedämpfter Stimme. »Eine Art Fieber, das ihn zum Wahnsinn trieb, ein Feuer, das in seinen Eingeweiden wütete, wie er es so treffend in seinem letzten Gedicht ausgedrückt hat.«

»Habt Ihr mir nicht erzählt, dass er in seinen letzten Tagen über einen Feind sprach, der ihn gefunden hätte? Hat er je einen Namen genannt?«

»Nein«, sagte der Verwalter nachdenklich. »Vielleicht meinte er keinen Menschen, sondern eine Begierde.«

»Sein Gedicht heißt *In scabiem*«, nickte Pico. »Das Wort ›scabies‹ bedeutet nicht nur ›Krätze‹, sondern gibt auch einen Hinweis auf sinnliche Reize.«

Jeden ereilt die Krankheit, die in seinem Geist lebt. Vielleicht war es das Fieber der Liebe, das Poliziano zum Schicksal wurde. War er womöglich doch natürlichen Todes gestorben?

»Was aß und trank er?«, fragte Pico.

»Er hatte Angst, vergiftet zu werden. Deshalb ließ er Speisen und Getränke zuerst von seinem Hund kosten.«

»Und lebt der Hund noch?«

»Ja«, lächelte Francesco, während sie sich verabschiedeten. »Er hat Euch begrüßt, als Ihr hier angekommen seid.«

Der Hirte

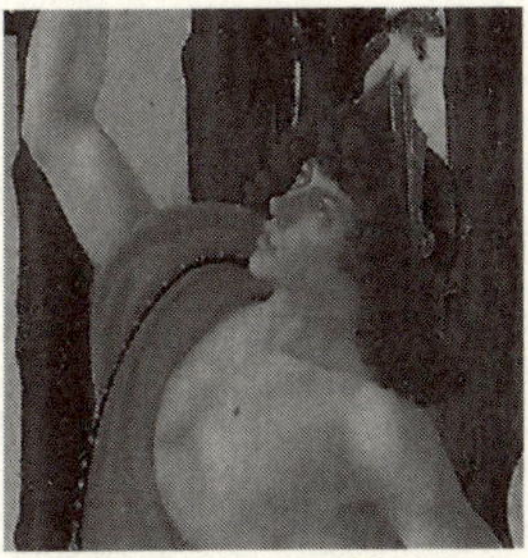

In seiner Todesstunde hatte Angelo Poliziano seinen Feind angerufen. Er kannte also den Namen des Mörders. Man musste also in seiner Umgebung suchen. Mit seinen vollendeten Versen und seiner schonungslosen Wahrheitsliebe hatte der Dichter mehr Neid als Lob geerntet. Hatte sich etwa ein Rivale für eines jener Epigramme gerächt, mit denen er Catull auszustechen suchte? Dass sich ein Gelehrter so von Rachegefühlen hinreißen ließe, schien Pico unwahrscheinlich, aber ein ehrsüchtiger Abenteurer wie der Dichter Marull wäre zu allem fähig.

Es kamen auch noch andere in Frage. Vielleicht hatte Piero de' Medici definitiv mit seinem früheren Hauslehrer abrechnen wollen und ihn von einem Meuchelmörder aus dem Weg räumen lassen. War ihm etwa die Verbannung des Dichters aus seinem Palazzo in der Via Larga nicht genug? Aber nicht einmal Kaiser Augustus hatte den Dichter Ovid ermordet.

Vielleicht hatte irgendein Zuhörer Savonarolas dessen Verwünschungen als Freibrief aufgefasst, den Kanonikus ob seines leichtsinnigen Lebenswandels zu strafen? Oder war es etwa Francesco, der als Verwalter natürlich das Testament kannte und aus dem vorzeitigen Tod seines Herrn Nutzen zu ziehen hoffte?

Eine Mutmaßung schien noch unsinniger als die andere. Womöglich war der Feind, der Poliziano schließlich gefunden hatte, kein anderer als der Tod, der Fieber und Qualen als Handlanger einbestellt hatte, sich in der höllischen Wache abzuwechseln, bis ihr Opfer schließlich im Todeskrampf erkaltete.

Pico war so in Gedanken versunken, dass er die Wurzel nicht bemerkte, die sich über den Weg krümmte. Erst als sich das Pferd erschreckt aufbäumte, sah er im Bruchteil einer Sekunde, dass das, was sich dort aufrichtete, um das Tier in die Fesseln zu beißen, kein Ast war, sondern eine Schlange. Aber noch bevor er die Stute wieder zügeln konnte, raste sie donnernd über den sandigen Weg ins Tal.

Pinienzweige peitschten Pico ins Gesicht, während er die Hufe dumpf auf den Boden stampfen hörte. Durch das ständige Sitzen in letzter Zeit hatte der Gelehrte seine Reitkünste verlernt. Er mochte an den Zügeln ziehen und zerren, die Stute gehorchte ihm nicht und ging von einem schnellen Trab in einen wilden Galopp über. Die Landschaft flog in verschwimmenden Wänden aus Licht und Dunkel an ihm vorüber. Der Wind peitschte ihm so sehr ins Gesicht, dass er sich tief über den Rücken des Pferdes beugte und seinen Kopf in der wehenden Mähne barg. Dort, ganz nah an dem Hals voll pochender Adern, fühlte er Schaumflocken des angstvollen Keuchens auf seine Stirn spritzen.

Wie lange würde er diesen schwindelerregenden Ritt noch durchhalten können? Das scheu gewordene Tier stieß Geröll weg, sprang über Baumwurzeln, kam ins Rutschen und strauchelte fast in den Schlaglöchern und Pfützen des Pfades, während ihm stachlige Brombeerranken und Disteln Beine und Flanken aufrissen.

Plötzlich öffnete sich vor Pferd und Reiter eine Lichtung. Hier führte der Pfad zu einem Bergbach, der über die Steine hinab ins Tal stürzte. Das Pferd würde sich bestimmt die Beine brechen, wenn es bei diesem Tempo versuchte, den Bach zu überqueren. Pico versuchte krampfhaft, die Geschwindigkeit zu verringern. Aber offenbar hatte er jede Gewalt über das Tier verloren: Als sei ihm der Tod im Nacken, legte es noch mehr Tempo zu und machte dann einen waghalsigen Sprung.

Einen Augenblick schwebten Ross und Reiter, weiß und schwarz gepaart wie Platons Zweigespann der Seele, durch den Raum. Während der Graf sich an den Hals klammerte, setzten die Vorderhufe des Pferdes mit einem Schlag wieder auf der Erde auf. Hatte es sich verletzt, oder war es vom Laufen erschöpft? Wie auch immer, es machte noch ein paar unsichere Sprünge und blieb dann stehen.

Erst da bemerkte Pico die Herde mit schwarzen Ziegen, die hinter ihrem Leithammel den Abhang herunterkam. Wie ein Mantel fiel die Spannung von seinen Schultern. Durch sanftes Klopfen auf den zitternden Hals beruhigte er die Stute, die noch immer auf ihren Beinen schwankte. Während die Ziegen meckernd vorbeitrotteten, um im Bach zu trinken, versuchte er, seine Gedanken wieder zu ordnen.

Der Mann, der seiner Herde wie der gute Hirte oder der göttliche Poemander folgte, blieb neugierig stehen. Der glücklose Reiter erklärte ihm in wenigen Worten, was vorgefallen war. Das braungebrannte Gesicht, die stoppeligen Wangen, das graumelierte Haar ließen den Hirten älter erscheinen, als er tatsächlich sein konnte.

Er betrachtete das von dem rasenden Ritt noch immer zitternde Pferd: »Ihr dürft das Tier hier nicht so stehen lassen. Es könnte sich erkälten. Wir müssen es abdecken und ausruhen lassen.« Pico sah sich unschlüssig um. Sollte er seinen Umhang ablegen und über das Tier hängen? Aber der Hirte erbot sich, ihn zu seiner Unterkunft zu bringen. Sie folgten dem Bach bis an einen Bienenkorb. Dort zeigte der Hirte auf die Felswand, wo die kurzsichtigen Augen des Grafen nach einer Weile hinter den aufgestapelten Steinblöcken eine Höhle erspähten.

Der Hirte ließ die noch immer unruhige Stute aus dem Steintrog der Ziegen trinken. Dann verschwand er in der Höhle und kam mit einem schmutzigen Tuch zurück. Er wischte die Flanken des Pferdes trocken. Der Graf betrachtete die rissigen Hände des Mannes. Musste er ihm helfen? Für solche Arbeiten hatte er Stallknechte, Diener, Untergebene. Er scheute die Welt von Schweiß, Schlamm und Mist. Und dennoch war der zitternde Körper des Tieres wirklicher als die kristalline Sphäre des Geistes, in die er sich so gern zurückzog.

Der Hirte befahl dem Pferd, sich zu legen, und ging wieder in die Höhle. Er kam mit einer groben Decke zurück, die er über das Tier legte. Dann fragte er, ob der Herr etwas trinken wolle. Pico wagte es nicht abzulehnen, beschämt, weil er in diesen Stall geraten war, und beschämt, weil er sich darüber schämte. Er dachte an den guten Hirten aus dem Gleichnis. Der Mann bedeutete ihm, sich auf einen Baumstumpf zu setzen.

»Seid Ihr in Trauer, Messer?«, fragte er, als sie nebeneinander saßen. Er hatte ein wenig Ziegenmilch aus einem Krug gegossen und dem Grafen angeboten, der würgend aus dem schmutzigen Becher trank.

»Ein Freund von mir ist vor einem Monat gestorben.«

»Es war wohl ein guter Freund?«

Pico wollte ihm von Polizianos Genie erzählen, überlegte aber unwillig, dass alles, was er an seinem Freund so bewundert hatte, seine Wortkunst, sein dichterisches Talent, sein philologisches Können, diesen Naturmenschen nicht im Geringsten beeindrucken würde. Was konnte sich ein Ziegenhirte unter dem Glanz eines Wortes vorstellen, unter der Schärfe eines Gedankens, dem stolzen Fluss einer Argumentation?

»Er war ein Künstler«, sagte er schließlich. »Er bildete die Welt so ab, wie sie sein sollte.«

»Wollte er Gott verbessern?«

»Die Welt der Materie, unsere Welt, ist vergänglich. Die Welt Gottes ist unveränderlich, ewig und unendlich. Die Kunst ist ein Spiegel von Gottes Schönheit, wie die Liebe ein Bild Seiner Güte ist und das Wissen ein Bild Seiner Wahrheit. Aber Ihr versteht doch nicht, was ich sagen möchte.«

»Doch, doch, Herr Graf«, antwortete der Hirte.

Pico fasste ihn scharf ins Auge: »Ihr kennt mich?«

»Ihr habt mich nicht erkannt, und dennoch kennt Ihr mich. Ich bin Arnoldo Pazzi. Wir sind uns vor sechzehn Jahren bei Ficino begegnet.«

»Gehört Ihr zur Pazzi-Familie?«, fragte Pico ungläubig.

»Ja, nach unserem Aufstand gegen ihre Tyrannei haben uns die Medici allesamt aus der Stadt verbannt. All meine Verwandten leben verstreut bei den Feinden von Florenz. Aber ich wollte meine Stadt nicht verraten. Ich habe allem Lebewohl gesagt, meiner Villa, meinem Reichtum, meinen Dienern und mich hier in die Einsamkeit zurückgezogen.«

»Und weshalb?«

»Um für mein zügelloses Leben Buße zu tun.«

»Warum seid Ihr dann nicht Mönch geworden?«

»Dies hier ist mein Kloster. Die Natur ist die Mutter, die mir alles schenkt, was ich brauche.« Arnoldo zeigte zum Himmel, der endlich aufgeklart war, sodass die Sonne wie ein goldener Regen ins Tal stürzte.

»Von hier aus könnt Ihr jeden sehen, der aus der Stadt zur Villa Polizianos kommt«, sagte der Graf, während ihm ein Gedanke durch den Kopf schoss.

»Ja«, sagte der Hirte, »ich kann alle Besucher sehen, ohne selbst gesehen zu werden.«

»Erinnert Ihr Euch an zwei Frauen, die regelmäßig in der Abenddämmerung über diesen Weg gekommen sind?«

Arnoldo nickte: »Ja, aber ich sehe sie nicht mehr. Wisst Ihr, was mit ihnen geschehen ist?«

»Das Mädchen ist tot«, antwortete Pico. »Ihre Begleiterin hat es mir erzählt. Wann habt Ihr die Frauen zum letzten Mal gesehen?«

»Das muss um die Zeit gewesen sein, als Hochwürden starb.«

»Erinnert Ihr Euch noch an andere Menschen, die Poliziano in den Tagen vor seinem Tod besucht haben?«

Der Hirte dachte nach. »Zwei Mönche sind zur Villa gekommen. Einer von ihnen ritt auf einem Esel.«

»Wie sahen sie aus?«

»Darauf kann ich keine Antwort geben. Sie hatten ihre Kapuzen tief ins Gesicht gezogen, als wollten sie nicht gern erkannt werden.«

»Welche Farbe hatten die Kapuzen?«

»Schwarz, und ihr Habit war weiß.«

»Dominikaner«, folgerte Pico. »Hatte der Mann auf dem Esel nicht eine große Nase?«

»Nein, der Mann, der neben dem Esel herging, hatte eine große Nase.«

»Savonarola«, sagte Pico mit einem Lächeln, »demütig wie immer, der Diener der Diener Gottes.«

»Ich kenne den Mann nicht, aber ich habe schon von ihm gehört.«

»Gab es noch andere Besucher?«

»An jenem Abend sind noch ein paar Reiter über den Pfad geritten. Sie hatten weder Fahnen noch Wappen. Das kam mir so ungewöhnlich vor, dass ich fast bis zum Weg gelaufen bin, um sie aus der Nähe zu sehen. Ich erkannte ihren Führer, auch wenn er sein Gesicht versteckte.«

»Wer war es?«

»Der Sohn meines Feindes.«

»Eures Feindes?«

»Des Mannes, der mich verbannt hat.«

»Lorenzo?«

»Ja«, nickte Arnoldo, »es war Piero de' Medici, der zur Villa Polizianos ritt.«

Der Rat

Rastlos war Pico von der Höhle in die Stadt zurückgeeilt und fühlte sich matter als je zuvor. Er legte sich unter den blauen Baldachin seines Bettes, um zu ruhen. Aber die Nachrichten, die in den letzten Tagen in sein Arbeitszimmer eingedrungen waren, ließen seine Kopfschmerzen nicht schwächer werden.

Inzwischen war es Stadtgespräch, dass Piero de' Medici Geheimverhandlungen mit dem französischen König geführt hatte. Ohne Einbeziehung der Ratsmitglieder hatte der junge Regent dem Feind die Bollwerke von Sarzana, Sarzanella und Petra Santa im Tausch gegen Frieden angeboten. Selbst die Städte Pisa und Livorno wurden bis zum Ende der Kampfhandlungen den Franzosen als Pfand gegeben. Ohne einen einzigen Kanonenschuss hatte Florenz seine gesamte militärische Macht verloren.

Am nächsten Morgen schickte Pico seinen Sekretär in die Stadt, um sich auf der Piazza umzuhören. Er bestellte dessen Bruder Martino da Casale, den Verwalter, zu sich und bat ihn, mit den Dienern alles für eine mögliche sofortige Abreise aus der Stadt vorzubereiten.

Nach dem Mittagsläuten kam Cristoforo keuchend vor Eile und Aufregung mit der letzten Neuigkeit aus der Signoria: Die Ratsmitglieder hatten den Regenten zur Rechenschaft gezogen und ihn gefragt, ob denn wahr sei, was in der Stadt erzählt wurde.

»Was hat Piero geantwortet?«, fragte Pico.

»Er gab sich genauso hochfahrend wie immer. Seiner Ansicht nach hatte sein Einsatz die Stadt vor der Zerstörung bewahrt. Er erinnerte die Ratsmitglieder an die Kämpfe bei Rapallo, wo das gesamte Heer des Königs von Neapel vollständig aufgerieben worden war und man sogar die Gefangenen bis zum letzten Mann niedergemetzelt hatte. Wollten sie denn Florenz ebenso dem Erdboden gleichmachen lassen? Die französische Furie werde nichts und niemanden schonen.«

»Vielleicht hat er Recht«, sagte Pico. »Dieser Krieg ist nicht mehr mit den Kriegen der Vergangenheit zu vergleichen. Meine Ahnen waren Condottieri, die für Kaiser, Herzöge und Podestàs kämpften. Aber ihre Schlachten glichen eher festlichen Turnieren. Städte anzuzünden oder Ernten zu vernichten galt als verwerflich. In ihrem Panzer mussten die Ritter nicht um ihr Leben fürchten. Geriet ein Heerführer versehentlich in Gefangenschaft, wurde er wie ein Herr behandelt. Er bezahlte das Lösegeld und ritt in aller Ruhe wieder von dannen. Und eine Stadt mochte zwanzigmal rebellieren, nie wurde sie nach ihrer Einnahme zerstört. Die Einwohner durften ihr Eigentum behalten und mussten lediglich die Kosten des Brandschatzens tragen. Aber die französische Artillerie hat alle Spielregeln auf den Kopf gestellt.«

»Genau das waren Pieros Worte«, nickte Cristoforo. »Er behauptete, dass jeder Widerstand zwecklos wäre.

Um Blutvergießen zu vermeiden, hätte er sein Leben bei einem Treffen mit dem französischen König aufs Spiel gesetzt und er hätte von ihm das feierliche Versprechen erhalten, dass unsere Stadt verschont würde.«

»Wie hat der Rat darauf reagiert?«

»Pieros Gegner begannen zu krakeelen und fragten, welchen Preis er dafür bezahlt hätte.«

»Was war Pieros Antwort?«

»Er weigerte sich zu antworten. Darauf ergriff Piero di Gini Capponi das Wort. Er beschuldigte den Herrscher des Landesverrats, weil er ohne Mandat der Signoria mit dem Feind verhandelt hatte. Er sagte, die Tyrannei der Medici-Familie habe lange genug gedauert und es habe sich überdeutlich gezeigt, wohin Machtmissbrauch führe. Als er ihn geradeheraus fragte, was mit den Befestigungsanlagen von Florenz geschehen solle, schwieg Piero trotzig. Daraufhin warf ihm Capponi vor, er würde das Landesgebiet leichtfertig aufs Spiel setzen, weil er genau wie alle Medici nicht zwischen eigenem Besitz und dem Besitz der Stadt unterscheiden könne. Die Anhänger der Medici versuchten noch, den Fürsten zu verteidigen, aber als es zur Abstimmung kam, wurden sie überstimmt.«

Pico spürte in seinem Magen ein flaues Gefühl aufkommen. Unter Lorenzo de' Medicis Regierung wäre das alles nie geschehen. Piero war nicht nur weniger beliebt, sondern auch weniger listig als sein Vater.

»Was wurde beschlossen?«

»Der Rat hat beschlossen, dem französischen König eine eigene Abordnung zu senden, um mit ihm zu verhandeln.«

»Wer sind die Unterhändler?«

»Die fünf wichtigsten Ratsmitglieder: Tanai de' Nerli, Pandolfi Rucellai, Giovanni Cavalcanti, Piero Soderin und Piero di Capponi selbst, zusammen mit dem Frate.«

»Fra Girolamo?«, fragte Pico verblüfft.

»Ja.«

»Aber er gehört doch gar nicht zum Rat?«

»Er begleitet die Delegation, weil er als Einziger die Ankunft des französischen Königs vorhergesagt hat.«

Nun durchschaute Pico das Manöver. Piero di Capponi hätte sich niemals ohne vorherige Absprache mit Savonarola in der Ratsversammlung gegen Piero de' Medici gestellt. Der Prior hatte seine Anhänger, von ihren Gegnern Piagnoni oder Greiner genannt, aufgefordert, sich gegen Piero zu stellen. Hatte er nicht oft gepredigt, dass die Stadt nicht von einem Bürger, sondern von Gott regiert werden müsse? Jetzt würde es nicht mehr lange dauern, bis Savonarola den Gottesstaat ausrufen würde.

Was geschehen sollte, war geschehen. Die Florentiner hatten sich endlich gegen eine Tyrannei erhoben, die sich nicht als solche zu bezeichnen wagte. Die Medici hatten der Stadt, die ebenso unruhig war wie die Wellen des Arno, den Anschein einer Verbundenheit gegeben. Aber die Kaufleute hatten nicht vergessen, wie Lorenzo durch ständiges Anziehen der Steuerschraube seine Rivalen planmäßig ausgeschaltet hatte. Während seine Feinde einer nach dem anderen Bankrott gingen, erhielten seine Freunde Darlehen, die sie nicht zurückzahlen mussten.

Der Prinz von Concordia hatte den Umbruch nicht weniger oft gefürchtet, als ihn der Prior von San Marco in seinen Endzeitpredigten prophezeit hatte. Schon vor

Jahren hatte er beobachtet, wie wenig sich der Stammhalter der Medici für die Staatsgeschäfte interessierte. Er hatte ihn damals sogar in einem an ihn gerichteten lateinischen Gedicht ermahnt, sein Leben zu ändern. Aber der Bruder Leichtfuß spielte weiterhin mit seinen Altersgenossen Palla. Von Lorenzo hörte Pico, sein Sohn sei durch den Tadel tödlich beleidigt gewesen.

Nach dem Tod seines Vaters hatte der junge Mann seinen Ärger nicht länger hinuntergeschluckt. Er behandelte Pico so herablassend, dass dieser kaum noch in den Palazzo der Medici kam, vor allem nachdem ihm Poliziano anvertraut hatte, dass Picos Freundschaft zu Savonarola, der dem neuen Regenten von der Kanzel herab unablässig alle Höllenstrafen androhte, Piero ein Dorn im Auge wäre.

»Was sollen wir tun, Monsignore?«

»Ich habe deinen Bruder schon alles für unseren Aufbruch vorbereiten lassen«, antwortete Pico. »Vielleicht ist es sicherer, nicht in der Stadt zu bleiben. Ein Wort von Savonarola, und alles brennt lichterloh.«

Der fromme Sekretär, ein leidenschaftlicher Anhänger des neuen Propheten, widersprach, sie hätten nichts zu fürchten. Er wisse genau, dass Fra Girolamo dafür sorgen könne, dass die Stadt verschont werde. War es übrigens nicht an der Zeit, dass die falschen Könige verschwanden?

»Wer soll nach ihnen die Stadt regieren?«, konterte Pico.

»Monsignore, nehmt mir meine Worte nicht übel, aber ich glaube, dass die reichen Herren in der Stadt lange genug das Sagen hatten. Nun wird es Zeit, dass das Volk für sein eigenes Wohl eintritt.«

»Das Volk, Cristoforo?«, rief Pico. »Soll das Volk etwa im Palazzo der Medici wohnen und dort mit den ausländischen Gesandten verhandeln?«

»Nicht im Palast der Medici, aber durchaus im Ratssaal der Signoria.«

»Reicht denn der Platz für so viele Ratsmitglieder?«

»Das Volk wird seine Vertreter wählen.«

»Wie sollen sich diese Abgeordneten jemals einig werden, wenn sogar die Hand voll reicher Florentiner Familien ständig miteinander in Fehde liegt und sich gegenseitig umbringt? Nein, Cristoforo, ich glaube nicht an das Volk. Ich kenne die Geschichte: Die Welt will betrogen werden. Nach einer Weile ergreifen ein oder zwei Führer die Macht und nehmen die Armen noch schlimmer aus als die früheren Herrscher.«

»Fra Girolamo sagt, dass uns Gott regieren wird. Wenn das Volk auf ihn hören will, wird ihm der Herr verkünden, was es tun muss.«

»Und wie soll Gott das verkünden?«

»Savonarola ist ein heiliger Mann wie Moses und Elias. Er weiß, welche Pläne der Herr mit seinem Volk hat, weil er von Ihm erleuchtet wird.«

»Also wird Savonarola euer Führer«, folgerte Pico spitz.

»Nein«, protestierte Cristoforo. »Er sagt, er wird jede Form von Macht ablehnen und unser Diener werden.«

»Ja, der Diener der Diener des Herrn. So hatte sich schon Papst Gregor vor Jahrhunderten genannt. Und sieh nur, was aus seinen Nachfolgern geworden ist.«

Pico ertappte sich dabei, dass er schärfer sprach als gewöhnlich. Hegte er doch größeren Groll gegen den Frate, als er sich selbst eingestehen wollte?

»Ach, Cristoforo«, lenkte er ein, »warum debattiere ich mit dir über Politik? Ich habe mir einst geschworen, mich nie mehr damit zu beschäftigen. Meine beiden Brüder sprachen über nichts anderes als über Politik, Allianzen, Geheimdiplomatie, bewaffneten Frieden. Aber alles lief schließlich auf Zwist, Zwietracht und Krieg hinaus. In Mirandola habe ich nie etwas anderes erlebt als Intrigen. Meine eigenen Brüder trachteten sich gegenseitig nach dem Leben, wenn es politisch opportun war. Deshalb hasse ich das Wort mehr, als ich es auszudrücken vermag.«

Cristoforo verneigte sich: »Verzeiht mir, wenn ich Euch an dieses Wort erinnert habe, Monsignore. Sagt mir, was geschehen soll.«

»Am besten ist es, uns nach Querceto zurückzuziehen. Heute ist es schon zu spät zum Aufbruch. Bald werden die Stadttore geschlossen. Aber morgen können wir in aller Frühe die Stadt verlassen. Später werden uns vielleicht die Ratsherren daran hindern.«

Querceto lag am Fuß von Fiesole. Auf dem Landgut waren der Graf und seine Diener zwar der Gefahr durch vagabundierende Truppeneinheiten ausgesetzt, aber die Feinde in der Stadt waren noch gefährlicher, weil sie keinen richtigen Führer hatten. Pico ließ Martino da Casale rufen, um ihm die letzten Anordnungen für den Aufbruch zu geben.

Als er nach dem kargen Nachtmahl den *Phoenix* wieder zur Hand nehmen wollte, wurde ihm mit einem Male schwindlig.

Die Nacht

Abneigung gegen den Schlaf hatte Pico seit jeher verspürt. Seine Domäne war die Klarheit der wachen Vernunft, der Schlaf der Vernunft gebar nur Ungeheuer. Die Nacht war eine Höhle, in der wie in Platons Gleichnis nur die Schatten der Ideen auftauchten, die am Tag wie Sonnenlicht vor ihm strahlten. Morpheus trog seine Sinne mit Träumen, die ihn trunken machten vor Begierde, ihn aber morgens mit Scham überhäuften.

Er konnte die Verzweiflung des heiligen Hieronymus, des Kirchenvaters, nachfühlen, der durch geduldiges Beten und Büßen die Betörungen aus seinem Leben verbannt hatte, den aber jede Nacht erneut Heerscharen lüsterner Hirngespinste heimsuchten. Aber mehr als die Verlockungen des Fleisches quälten ihn die Dämonen des Sophismus, wenn er sich, wie gerade jetzt, fiebrig und angespannt fühlte. Warum ließ das Licht die Finsternis zu?

Er erinnerte sich, wie Cino auf der Wendeltreppe seinen schwankenden Schritt gestützt hatte. Kaum hatte er sich hingelegt, da begann das Bett wie ein Schiff zu schaukeln, bis der Wind das blaue Segel des Betthimmels aufblies und sich das Gefährt wie ein Wagen in die Lüfte erhob. Taumelnd hatte er sich aufgerichtet, während der Sturm ihm ins Gesicht peitschte. Hoch auf der Kathedrale sprach er in Hebräisch zu den versammelten Engelscharen. An ihren verzerrten Gesichtern sah er, dass sie seine Worte nicht verstanden. Je ungläubiger ihr Blick wurde, umso schriller und lauter schrie er, beugte sich tiefer über die Balustrade und näher zu ihnen, bis der Schnabel seiner Nase ihre besternten Stirnen berührte und ihre Züge sich wie durch Zauberhand verwandelten. Da stieß er gegen den behaarten Schädel eines Esels, dort sah ihn eine Hure mit den kugelrunden Augen einer Sau an, überall kamen monströse Scheusale zum Vorschein. Über ihnen reckte sich eine Gestalt, deren Vogelkopf vor seinen Augen zum langlippigen Gesicht eines Kardinals verfloss, der sein nacktes Gesäß an einem Kirchenpfeiler kasteite. Unter der Mitra erkannte sein Ekel das gallegeifernde Grinsen einer Schlange.

Mit einem Schrei schreckte Pico aus seinem Albtraum auf. Seine Schläfen hämmerten, als er die Augen aufriss. Dunkel wie ein Sarg umschloss ihn das Zimmer. Wie spät mochte es sein? Er war zu schwach, Cino zu rufen, und musste sogar überlegen, welcher Tag heute war. Gestern, als die Signoria tagte, war Dienstag gewesen. Mit Mühe erinnerte er sich, dass es Allerseelen gewesen war, weil Fra Girolamo am Tag davor, dem Allerheiligenfest, der Stadt Florenz seine Bußpredigt gehalten hatte. Er zählte an den Knöcheln von Daumen und Zeigefinger. Heute war der Fünfte: die Nonen des November.

Übermorgen, am Siebten, war der Tag, an dem der göttliche Platon geboren und auch gestorben war. In der

Villa di Careggi, wo Ficino vor der Büste des Philosophen wie vor einem Heiligen ein ewiges Licht brennen ließ, kamen die Mitglieder der Florentiner Akademie jedes Jahr zusammen, um den Festtag mit einem Symposion zu begehen. Während Ficinos berauschender Trebbianowein in Strömen floss, diskutierten die Teilnehmer über das geschriebene und das ungeschriebene Wort, über die himmlische und die irdische Liebe und über die Unsterblichkeit der Seele.

Zwei der Mitglieder waren bereits gestorben, überlegte Pico. Waren Lorenzos und Angelos Seelen gerettet oder auf ewig verdammt? Ficino, der wie ein zweiter Platon die Athener Akademie wieder hatte auferstehen lassen, war nun einundsechzig Jahre alt. Musste Pico mit ihm allein das Fest feiern? Wurde aus dem Trinkgelage ein Trankopfer für die Toten?

Anfangs hatte ihn der dreißig Jahre ältere Ficino als Schüler betrachtet, der sein Werk fortsetzen könnte. Eines Tages hatte er ihm gestanden, wie es ihm den Atem verschlagen habe, als der sechzehnjährige Pico seine Villa betrat. Es war, seufzte er, als sei ihm der Erzengel Raphael erschienen, wie ihn die Florentiner Maler an der Seite des jungen Tobias dargestellt hatten: als hochgewachsenen jungen Mann, mit hellem Gesicht, blauen Augen, Zähnen wie Elfenbein und goldblonden Locken. Als ihm der Engel stolz anvertraut hatte, dass für ihn Meister Aristoteles über allem stehe, hatte ihn der Philosoph ermahnt, zunächst Aristoteles' eigenen Lehrmeister Platon anzuhören.

Sie waren oft geteilter Meinung gewesen. Pico wollte einfach nicht anerkennen, dass Aristoteles Platon unterlegen sein sollte, und er beharrte darauf, dass die beiden wie Zwillingsbrüder dieselbe Wahrheit nur mit anderen Worten verkündeten. Ficino deutete auf die beiden Philosophen, die er als Fresko in seiner Villa hatte malen lassen: Demokrit, der über die Torheit der Menschen lacht, und Heraklit, der über ihr Unglück weint. Was konnte die beiden vereinen? Pico, der auf alles eine Antwort wusste, schwieg gelangweilt. Lachen und Weinen waren Gefühle, keine Gedanken.

Ihre Geister schieden sich endgültig, als der Graf von Savonarola seinen Angriff auf die Astrologen ins Lateinische übersetzen ließ. Ficino las das Schicksal der Sterblichen aus den Sternen. Aus seinem eigenen Horoskop hatte er abgeleitet, dass er nicht wie sein Vater Körper heilen, sondern die Klassiker wieder zum Leben erwecken werde. Deshalb übersetzte er für Cosimo de' Medici den vollständigen Platon. Es entzückte ihn zu hören, dass Giovanni im selben Jahr geboren war, in dem er mit der Übersetzung begonnen hatte. War Pico nicht die soundsovielte Metamorphose Platons? Dann wäre die Seele des Pythagoras von Platon über Plotin und Pletho auf Pico übergegangen: Ihre proteischen Namen pflanzten sich wie die Echos von Echos immer weiter fort. Worauf Pico fein bemerkte, sein eigener Name sei ebenso eine Abkürzung von Peripatetico, oder Schüler des Aristoteles, wie von Platonico, oder Anhänger Platons.

Pico erblickte das Licht der Welt, als Saturn in die Waage aufstieg. Aus dieser Konstellation hatte Ficino seinen philosophischen Geist und melancholischen Charakter hergeleitet. Wie der Gott der Zeit seine Kinder verschlungen hatte, so hatte der geflügelte Philosoph unzählige Bücher verschlungen, sie jedoch nicht zermalmt und vernichtet, sondern verzehrt und wiederbelebt.

Giovanni hatte immer seinen milden Spott mit dem Aberglauben seines Freundes getrieben. Er erinnerte ihn an Horaz, der seine leichtgläubige Freundin beschworen hatte, nicht babylonischen Rechenkünsten zu vertrauen, sondern jeden Tag zu genießen, den einem der oberste Gott gönnte. Weshalb hatte er Ficino dennoch sein Geburtshoroskop vorgelegt? Die Konjunktionen zeigten, dass ihm ein nur dreiunddreißigjähriges Leben beschieden war. Die Gestirne bestätigten die Worte der florentinischen Sibylle, die ihm ein ebenso ruhmreiches wie kurzes Leben prophezeit hatte. Wie leichtfertig er sich später auch über das Orakel äußerte, es bewirkte eine Umkehr in seinem Leben. Sein einziger Trost waren die dreiunddreißig Erdenjahre, die Gott seinem geliebten Sohn geschenkt hatte.

Pico hatte sein Schlafzimmer so gewählt, dass die ersten Sonnenstrahlen in sein Fenster fielen. Dadurch schlief er nicht zu lange und konnte schon früh an die Arbeit gehen. Aber heute wollte es nicht hell werden. Während seine Augen das Dunkel zu durchdringen suchten, drückte ihn seine Mattheit wie ein teuflischer Inkubus ins Kissen. Der Schwindel hatte sich nun in einen unklaren Bauchkrampf verwandelt. Schon früher hatten ihn Koliken gequält, aber er schrieb sie dem ausdauernden, gebeugten Sitzen über seinen Manuskripten zu.

War er etwa krank? An welcher Krankheit litt er? An der Pest? Die Marranen, spanische Juden, die vor zwei Jahren nach dem Fall von Granada vor der Inquisition geflohen waren, hatten die Seuche nach Italien eingeschleppt. Die Krankheit hatte letztes Jahr seinen alten

Lehrer Ermolao Barbaro getroffen, nachdem er als Patriarch von Aquileja Papst Alexander VI. dazu überredet hatte, die Bulle gegen Picos neunhundert Thesen aufzuheben.

Als Pico zu Ohren kam, dass Barbaro in der römischen Villa Kardinal Caraffas krank darniederlag, sandte er ihm ein Rezept, das er in einem Handbuch über Theriaken und Panazeen gefunden hatte. Nach Hippokrates konnte man Gift nur mit Gegengift heilen: *contraria contrariis curantur.* Daher war diese Medizin eine Mischung aus Skorpionöl, Natternzungen und anderen Giftarten. Aber das Heilmittel hatte sich als schlimmer erwiesen als die Krankheit: Der Patriarch war unter den schrecklichsten Schmerzen verschieden. Er war nur einer der Toten, die Pico in den letzten Jahren hatte beweinen müssen. War die bevorstehende Jahrhundertwende womöglich wirklich das von den Bußpredigern prophezeite Ende der Zeiten?

Nun tat es Pico Leid, dass er den Philologen so scharf angefahren hatte, der meinte, sein bester Schüler vergeude seine Zeit mit Philosophastern. In einem Prunkbrief hatte er die scholastische Sprache gegen den eleganten Stil der neuen Philosophen verteidigt. Barbaro hatte damals fein bemerkt, dass der Brief, in dem Pico seine barbarischen Ideen verteidigte, selbst im reinsten Latein abgefasst war.

Die Dunkelheit wollte nicht weichen. War dies die Schwärzung, welche die Alchimisten auf die Probe stellte? Oder war es der düstere Kerker, in dem seine Seele seufzte wie eine Verbannte aus einem helleren Land? Hatte der Philosoph Plotin sich nicht geschämt, in einem Körper zu leben, den seine Eltern in Lust gezeugt hatten? Warum hatte der Schöpfer einst die unsterbliche Seele als Samen in den Staub gegossen?

Plotin lehrte, dass das unaussprechliche Eine, wie geschlossen es in seiner Vollkommenheit auch sein mochte, sich aus seinem eigenen Überfluss ergieße. So entstanden die Emanationen und Hypostasen, die dazu berufen waren, zu ihrem Ursprung zurückzukehren. So entfaltete sich die Welt der Idee, die der Welt der Zahl entsprach. So stieg am Ende nach der Weltseele die Natur mit ihrer Mannigfaltigkeit göttlicher Sterne, planetarischer Sphären und materieller Elemente auf, die in einem Wirbel aus lebenden Wesen und leblosen Dingen auf der Erde zusammenströmten.

Das Licht des Seins, das sich als Quelle in die Seienden ergossen hatte, verminderte sich und versiegte, je mehr es sich von seinem Ursprung entfernte. Dennoch blieb alles, was war und was wurde, vom Heimweh nach dieser ursprünglichen Einheit durchdrungen, deren Schönheit es in den Körpern und Formen erkannte, die Spiegel und Abglanz der Schönheit waren, zu der es zurückkehren wollte, ergriffen von der Liebe, die mit himmlischer Harmonie das Weltall zusammenhält.

Plotin zufolge konnte man sich dem Einen nicht durch Denken annähern, weil es sich jeder Bestimmung entzieht. Dionysius Areopagita nannte Gott den Unnennbaren. Nikolaus Cusanus sprach von dem verborgenen Gott: *Deus absconditus*. Zu ihm könne man nur in der Ekstase gelangen, dem ewigwährenden Augenblick, in dem der Funke der Seele mit dem göttlichen Licht verschmilzt.

Pico hatte oft gebetet, ihm möge einst diese glückselige Offenbarung zuteil werden. Bis zum heutigen Tag hatte ihm sein stets wachsam suchender und niemals im Augenblick verweilender Geist diese Gnade nicht gewährt. In Padua war ihm das Mädchen, das er als Achtzehnjähriger geliebt hatte, mit ihrem goldumströmten Antlitz als Bildnis himmlischer Schönheit erschienen. In seinen Versen gab er ihr den plotinischen Namen Pleona – Überfluss. Noch im selben Jahr starb sie. Ihr Tod ließ seine Seele in die Nacht derselben saturnischen Melancholie versinken, die nun seine Glieder in ihren bleiernen Sarkophag presste.

Die Brüder

Noch kaum hatte das Morgenrot einen zaghaften Schritt in das Schlafzimmer getan, da ließ Pico die Kupferglocke neben seinem Bett erklingen. Geschwind eilte Cino herbei. Der freimütige Toskaner fragte, ob sich sein Herr besser fühle. Der Graf nickte und antwortete auf die Frage, ob er etwas essen oder trinken wolle: nur Milch, frische, warme Milch. Bevor der Kammerdiener ging, bat er ihn, umgehend den Verwalter zu wecken.

Cristoforos Bruder, Martino di Casalmaggiore, der sich lieber kurz Casale nennen ließ, hatte nicht nur die Knechte und Dienstboten unter sich, sondern regelte auch die finanziellen Angelegenheiten des Grafen. Er zog den Pachtzins ein, bezahlte den Bauernmädchen auf den gräflichen Gütern den Brautschatz und verteilte Almosen unter die Armen, die sich morgens vor der Tür versammelten, um ihren Wohltäter zu begrüßen. Er sorgte für einen Wagen, wenn sich der Graf in seine Villa in Corbula bei Ferrara begab, oder für ein Geleit, wenn er in weit entfernten Gegenden nach einem seltenen Manuskript suchte.

Der Verwalter erkundigte sich nach der Gesundheit

seines Herrn. Pico teilte mit, das Schwindelgefühl des vergangenen Abends habe sich gelegt, klagte aber über ein brennendes Gefühl in seinem Gedärm.

»Soll ich den Reisewagen für Euch bereitmachen und Euch nach Querceto bringen, Monsignore?«

»Ich fühle mich noch zu schwach, Casale.«

»Sollen wir die Reise dann lieber absagen?«

»Nein«, antwortete der Graf. »Halte alles bereit, Diener, Reittiere, Gepäck, damit wir im Notfall sofort losfahren können. Die bevorstehenden Verhandlungen mit dem französischen König geben uns noch ein paar Tage Aufschub. Vielleicht fühle ich mich morgen schon besser.«

»Was sollen wir mitnehmen? Wenn niemand mehr im Haus ist, werden die Soldaten alles stehlen, was sie tragen können.«

»Viele Schätze werden sie hier nicht mehr finden«, sagte Pico. »Hast du letzte Woche das Tafelsilber verkauft, Casale?«

Der magere Verwalter machte eine unglückliche Grimasse: »Ich hätte es lieber sein lassen. In diesen schlechten Zeiten will niemand mehr Wertsachen kaufen. Ein Juwelier aus dem Judenviertel hat schließlich doch noch ein Angebot gemacht. Ich habe den Erlös dem Kloster gebracht, wie Ihr es gewünscht habt.«

Fra Girolamo hatte dem Grafen nicht für seine großzügige Spende gedankt. Er fand es selbstverständlich, dass Gott alles zukam. Casale war in Gelddingen oft nicht einer Meinung mit seinem Herrn. Als dieser sein Erbteil für dreißigtausend Dukaten an Giovanni Francesco verkauft hatte, den Sohn seines ältesten Bruders, hatte der Verwalter blutenden Herzens die Urkunde aufgesetzt. Dabei hatte er einen so düsteren Blick, als müsse er seinen eigenen Besitz hergeben.

Pico hatte ihn getadelt und erklärt, dass wir im Tod kein einziges unserer irdischen Güter mit ins Jenseits nehmen: Je weniger wir an unserem irdischen Besitz hängen, umso leichter werden wir in den siebten Himmel aufsteigen. Daher lehrte Platon, dass die Seele des Philosophen, der sein Herz nicht an die Welt hängt, Flügel hat.

»Casale, du weißt doch, dass Reichtum eine größere Prüfung ist als Armut. Der Erlöser hat gesagt, es sei für ein Kamel leichter, durch ein Nadelöhr zu gehen, als für einen Reichen, in das Reich Gottes zu gelangen.«

»Ein Kamel kann doch unmöglich durch ein Nadelöhr gehen«, wandte Casale ungläubig ein. »Kommt dann kein einziger Reicher in den Himmel?«

»Ein jüdischer Schriftgelehrter hat mir dieses Gleichnis einmal erklärt«, sagte Pico. »Nadelöhr heißt die allerschmalste Pforte in Jerusalem. Nur ein Kamel, das in der Wüste viel Hunger und Durst gelitten hat, kann sie passieren. Wenn ich einmal alles geschrieben habe, was ich hier auf Erden schreiben muss, dann werde ich alles verkaufen, was ich besitze, und mit einem Kreuz in der Hand barfuß durch die Dörfer und Städte ziehen, um das Wort Christi zu verkünden.«

»Was soll dann aus mir werden?«

»Dir soll es an nichts mangeln, Casale. Ich werde ein Testament aufsetzen, in dem ich dir das Darlehen erlasse, das du bei mir hast. Und ich werde dich in einem eigenen Kodizill bedenken.«

Nach diesem Versprechen hatte ihm Casale die Hand geküsst. Er stand ja bei dem Grafen in der Kreide, seit er in Florenz für seine Familie eine großzügige Wohnung gekauft hatte.

Der Verwalter verneigte sich: »Gibt es noch etwas, das ich für Euch tun kann, Monsignore?«

Es hatte eine Zeit gegeben, in der Pico an die Heilkunst geglaubt hatte. Aber waren die Quacksalber nicht ebenso gewissenlose Betrüger wie die Astrologen, wenn sie über das rote Blut, den gelben Magensaft, die schwarze Galle und den weißen Schleim salbaderten, die sich im Mörser unseres Körpers vermischten?

»Nein«, sagte Pico ruhig, »wir müssen jedes Leiden als Buße für unsere Sünden ertragen.« Er sah Casale an: »Geh und überprüfe noch einmal in den Büchern, ob diese Schenkung dem Kloster von San Marco tatsächlich überwiesen wurde.«

Der Verwalter wollte antworten, biss sich aber auf die Unterlippe und zog sich überstürzt zurück. Pico hatte richtig geraten.

Cino brachte ihm eine Schale Milch. Pico nahm einen Schluck davon, aber die laue warme Flüssigkeit schmeckte sauer, deshalb schickte er den Diener nach Honig. In seinen letzten Tagen hatte Papst Innozenz VIII. nur Milch von Ammen getrunken, weil er fürchtete, vergiftet zu werden. Giovanni dachte an seine Amme in Mirandola. Wenn er krank war, brachte ihm Maria Milch, die nach Stroh roch, und sie drückte ihn beim Trinken an ihre Brust.

Als Jüngster wurde er von allen verwöhnt. Sein Vater Gian Francesco war gestorben, als Pico kaum vier Jahre alt war. Er erinnerte sich nur noch an die Stimme des Condottiere, heiser vom Fluchen. Seine Mutter sprach leise und melodisch. Giulias Familie fühlte sich an jedem

Hof heimisch. Sein Großonkel Matteo Boiardo diente den Estes in Ferrara. Er hatte für Herzog Ercole seinen *Orlando innamorato* gedichtet: ein Epos über den verliebten Kämpfer, der so heldenhaft war wie die Paladine Karls des Großen und so höfisch wie die Artusritter. In gewissem Sinne war Matteo auch ein Orlando: Hauptmann in Modena und Höfling in der Reggio Emilia, Verteidiger von Festungen und Eroberer von Frauenherzen, Diener des Herzogs und Liebhaber von dessen Hofdame.

Giovannis Bruder Galeotto war das genaue Gegenteil. Obwohl er den Namen eines Ritters der Tafelrunde trug, war er doch ebenso wenig höfisch und ebenso reizbar wie sein Vater. Mit zehn Jahren wurde er als ältester Sohn zum Ritter geschlagen und hatte unter der harten Hand des Condottiere die Kriegskunst erlernt. Beim Tod Gian Francescos betrachtete sich der Fünfundzwanzigjährige als Alleinerbe und Nachfolger. Wie sein Vater kämpfte er als Söldner für den Meistbietenden: sei es ein Florentiner, Venezianer oder Mailänder. Aber dank seiner Mutter blieb er sehr eng mit dem Haus Este befreundet und heiratete schließlich Bianca Maria, die Schwester Borsos und Ercoles, des früheren und des heutigen Herzogs. Der kleine Giovanni sah in Galeotto mehr einen Vater als einen Bruder.

Antonio Maria, zwei Jahre jünger als Galeotto, hatte sich gegen diesen Tyrannen mit Zähnen und Klauen gewehrt, obwohl er geistig und körperlich viel schwächer war. Während sein Bruder mit den Söldnern auf Beutezügen durch das Land zog, blieb er im Schloss von Mirandola, um seine Mutter, die Schwestern und den jüngsten Bruder zu beschützen. Aber in einer Burg ist nicht Platz für zwei Herren. Beide Brüder hatten das aufbrausende Temperament ihres Vaters geerbt und stritten unaufhörlich um sein Lehensgut.

Als Giovanni sechs Jahre alt war, versöhnten sich die Brüder, schworen heilige Eide und schlossen einen Erbvertrag. Ein Jahr später brach die Hölle endgültig los. Galeotto bezichtigte seinen Bruder eines Mordanschlags und ließ ihn kaltblütig im Bergfried einschließen. Nach dem Protest seiner Mutter stellte er auch sie unter Hausarrest. Während Maria, Caterina, Lucrezia und Giulia mit ihrer Mutter in der Kemenate saßen und weinten, lief Giovanni verwaist durch die Gänge.

Galeottos Groll legte sich erst, als ihn der Papst exkommunizierte. Je mehr Giovanni an Weisheit und Alter zunahm, desto mehr wurde er zum Schlichter zwischen seinen Brüdern. 1472 begab er sich mit Galeotto nach Mantua zu einem Fest, das die Gonzagas zu Ehren Francescos, der den Kardinalshut bekommen hatte, veranstalteten. Im nächsten Jahr war es Antonio Maria, der Giovanni nach Mantua begleitete, wo ihn der neue Kardinal mit der Toga des apostolischen Protonotaris bekleidete.

Seine Mutter hatte ihm erklärt, ein Protonotaris sei ein Prälat, der für den Papst Bullen schreibt. Giovanni schmollte, als er von Antonio Maria erfuhr, dass es sich nur um einen Ehrentitel handelte und er niemals seine schönste Kursivschrift für den Heiligen Vater einsetzen dürfe. Aber sein Bruder prophezeite ihm, er würde später ebenfalls Kardinal werden wie Francesco Gonzaga, mit dem er für das Fresko Modell stand, das Andrea Mantegna in das herzogliche Schlafgemach malte.

Das Kirchenrecht war der Königsweg zum Purpur.

Deshalb schickte Giulia ihren vierzehnjährigen Sohn nach Bologna. Der Herr der Stadt, Giovanni di Bentivogli, nahm ihn herzlich auf, weil seine Schwester vor einigen Jahren Antonio Maria geheiratet hatte. Bologna besaß die älteste Universität Europas: Seit 1078 studierten hier Kanonisten die päpstlichen Verfügungen. Wie staubtrocken und langweilig die Seminare auch waren, Pico eignete sich den Stoff wie im Schlafe an. Als er sein Studium vorzeitig abbrach, stellte er aus dem Gedächtnis ein Kompendium der päpstlichen Dekrete zusammen.

Im selben Jahr gab es in Florenz eine Verschwörung gegen die Medici. Der Bankier Francesco Pazzi war die treibende Kraft hinter der Intrige. Wie Julius Caesar in der Sitzung des Senats, so wurden die Brüder Lorenzo und Giuliano beim Gottesdienst in der Kathedrale überfallen. Als der Priester die geweihte Hostie hob, stachen die Mörder zu. Giuliano wurde tödlich verwundet, Lorenzo bekam einen Hieb in den Hals, konnte aber seine Waffe ziehen und mit Polizianos Hilfe durch die Sakristei entkommen. Die getöteten Verschwörer wurden kopfüber an den Balkonen ihrer Paläste aufgehängt. In den Registern wurde der Name Pazzi gelöscht. Giuliano wurde unter ebenso lautem Wehklagen zu Grabe getragen wie seine geliebte Simonetta, als diese im Jahr davor an der Schwindsucht gestorben war.

Picos Mutter suchte ihn in Bologna auf und enthüllte ihm, dass Papst Sixtus bei dem Komplott seine Hand mit im Spiel hatte. Geistliche mit weniger Angst vor einem Sakrileg als Berufsmörder hatten den Anschlag verübt. Wer war in Italien noch sicher?

Nach wenigen Wochen versagte das Herz der Herzogin. Sie starb am 13. August 1478. Ihr Leichnam wurde nach Mirandola überführt. Dort fand die musische Frau in der Kirche von San Francesco endgültig Ruhe neben ihrem martialischen Gatten. Nun war Giovanni Vollwaise.

Die Schriftzeichen

Der Graf fühlte sich so erholt, dass er das Bett verließ. Als sein lebhafter Geist nach Beschäftigung suchte, fiel ihm ein, dass der *Phoenix* noch immer in San Marco lag. Er schickte Cino zum Kloster, um das Buch zu holen, und nahm sich vor, es noch am selben Abend zu Ende zu lesen. Schon bald erwartete ihn eine größere Aufgabe: die *Concordantia*. War er nicht der Prinz von Concordia?

Nach dem Tod der Eltern hatten die Brüder den Familienbesitz unter sich aufgeteilt. Picos Erbteil war Concordia, ein unscheinbares Städtchen westlich von Mirandola. Keiner der drei Brüder würde sich je materielle Sorgen machen müssen. Galeotto war mit der Schwester des Herrn von Ferrara verheiratet, Antonio Maria mit der des Herrn von Bologna. Der sechzehnjährige Protonotaris dachte vorläufig nicht an Frauen, auch wenn ihm nach einem Jahr Studium des Kanonischen Rechts eine Kirchenkarriere weniger verlockend erschien, als man ihm vorgegaukelt hatte.

Die einzige Geliebte, die er in Bologna gefunden hatte, war die Wissenschaft. Er wusste nun, dass er sein Leben lang die Geheimnisse der Natur entschleiern wollte. Deshalb musste er sich in andere Disziplinen vertiefen, neue Lehrer hören, seinen Geist an fremden Alma Matres nähren. Nun, da ihn seine Mutter nicht mehr Richtung Theologie schieben konnte, bat er seinen zweiten Vater, Galeotto, um die Erlaubnis, an der Universität von Ferrara studieren zu dürfen.

Ferrara war eine völlig andere Welt als Bologna. Herzog Ercole d'Este war ein Förderer von Kunst und Literatur. Der Hofdichter Tito Vespasiano Strozzi besang ihn als »einen neuen Apoll, einen sichtbaren Gott«. Giovanni bat ihn inständig, seine beiden entzweiten Brüder wieder auszusöhnen. Der Herzog und sein Bruder, der Marquis von Mantua, waren Bürgen, als ein neuer Vertrag geschlossen wurde. Die drei Brüder umarmten sich mit verschlungenen Armen wie die drei Grazien. Endlich hatte der Prinz von Concordia Eintracht gestiftet.

In Bologna hielt Giovanni seine erste Disputation. Er forderte Professor Leonardo Nogarola zu einem Streitgespräch über die Religion heraus. Umringt von den Doctores und Doctorandi der Fakultät standen die Opponenten: der hochgeschätzte Magister, und der sechzehnjährige Student. Zum ersten und zum letzten Mal trug Pico die Toga des Protonotaris. Das Auditorium nickte bei jedem Ausfall des einen und applaudierte bei jeder Abwehr des anderen. Als Abschluss hielt der junge Mann eine Rede, in der er das Rechthaben der Scholastik in der strahlenden Rüstung der Rhetorik triumphieren ließ. Erstaunter Jubel erfüllte die Hallengewölbe.

Es war sein erster öffentlicher Triumph. Er fühlte sich wie Jesus, der im Tempel mit den Schriftgelehrten diskutierte und mit seinem Wissen alle Zuhörer überraschte. Später wusste er, dass ihn sein Hochmut getäuscht hatte. Nicht der hat Recht, der seinen Gegner mit wohlgewählten Worten außer Gefecht setzt, sondern der, der durch mühsames, einsames Studium in sich die Wahrheit findet.

Diese Weisheit hatte er nicht von seinen Professoren, sondern von dem göttlichen Platon. Damals studierte er Griechisch, die prachtvolle Sprache, die den Scholastikern noch nicht bekannt gewesen war. Vierzig Jahre zuvor hatten sich auf einem Konzil in Ferrara Vertreter der West- und der Ostkirche getroffen, um ihre Differenzen beizulegen, bevor Konstantinopel von den heidnischen Horden überrannt würde.

Überrascht hörten die römischen Theologen, dass die griechische Mythologie, die sie nur in der römischen Nachahmung kannten, für diese Byzantiner lebendige Wirklichkeit war. Georgios Gemistos Pletho, der im Gefolge des Patriarchen nach Ferrara gereist war, verteidigte die Vielgötterei. Wie für den persischen Propheten Zoroaster war für ihn die Sonne die oberste Gottheit, während die anderen olympischen Götter allesamt Verkörperungen göttlicher Prinzipien waren. Der Philosoph, von dem einige glaubten, er sei eine Reinkarnation Platons, hatte in Mestra eine Platonische Akademie gegründet. Als das Konzil nach Florenz verlegt wurde, riet er Cosimo de' Medici, seiner Stadt ebenfalls eine solche Akademie zu schenken. Dieser Wunsch wurde erst nach seinem Tod von Ficino erfüllt, der sich zum neuen Platon der Florentiner Akademie aufwarf.

An der Tür klopfte es. Es war Cino, der den *Phoenix* wie ein Kind in den Armen trug. Pico ließ das Buch auf das Lesepult legen, nachdem er die Bibel, die dort lag, weggenommen hatte. Der Diener fragte, ob er am Abend hier oder im Speisezimmer sein Mahl zu sich nehmen wolle.

»Ich esse heute nicht«, sagte Pico. »Wer krank ist, muss das Leiden aushungern. Nur so können die sich bekämpfenden Körpersäfte wieder in Harmonie leben.«

Er schlug das Buch auf. Was er las, stillte seinen geistigen Durst, sodass er nicht mehr an den körperlichen Hunger dachte. Aber kaum hatte er einige Seiten gelesen, als es erneut klopfte. Diesmal war es Casale, der von Cino gehört hatte, dass Pico nicht essen wollte. Er flehte den Grafen an, etwas zu sich zu nehmen, weil er sonst nicht genug Kraft für die Reise zur Villa haben würde.

»Sei unbesorgt, Casale«, antwortete Pico. »Querceto liegt nicht am Ende der Welt. Ist alles vorbereitet?«

»Ich habe fünf Koffer mit dem Notwendigen füllen lassen.«

»Fünf? Der Herr fand einen Trinkbecher und einen Stab ausreichend für seine Jünger. Was ist für dich notwendig?«

»Fleisch, Getränke, Spezereien, Kleider, Juwelen …«

»Keine Kleider und keine Juwelen«, entschied Pico. »Gib alles weg, was wir nicht mitnehmen.«

Als Casale protestierte, fragte ihn Pico, was mit dem Tafelsilber geschehen sei. Der Verwalter erblasste und sagte, er werde der Sache auf der Stelle nachgehen. Hilfsbereit fragte er: »Welche Bücher soll ich für Euch einpacken, Monsignore?«

»Ich trage meine Bücher schon selbst.« Pico deutete auf seine Stirn: »Hier.«

»Seid Ihr sicher, dass Ihr nicht essen wollt?«, fragte Casale.

»Bitte, geh jetzt«, antwortete Pico. Nachdem der Verwalter gegangen war, bedauerte er, ihn so launisch weggeschickt zu haben. Aber der *Phoenix* zog ihn wieder so schnell in seinen Bann, dass kein anderer Gedanke mehr zu ihm drang.

Was er las, führte ihn zu dem Anderen, das die Kabbalisten Ensoph, das Unbegrenzte nannten. Einer Glosse bei Manilius zufolge war der Phoenix, der sich in einem ewigen Kreislauf von Tod und Geburt erneuerte, das Symbol der Materie, die sich in Zeit und Raum verändert. Auf jener Seite war Gott. Die Naturphilosophen hatten ihn über den Weg des Objekts in seinen Werken gesucht. Aber je tiefer sie die Schöpfung ergründeten, desto weiter hatten sie sich von ihrem Schöpfer entfernt.

Deshalb entschied sich der spanische Jude Abraham ben Samuel Abulafia für einen zweiten, den Weg des Subjekts: den Weg der Namen. Überall, in Italien, Griechenland und Phönizien (dem Land des Phoenix, das uns die Schriftzeichen des Alphabets geschenkt hat), hatte er als Verbannter nach den zehn verlorenen Stämmen Israels gesucht. 1271 offenbarte ihm eine Vision den Sephirot: die zehn Stufen zwischen Allem in der Welt und dem Nichts Gottes. In zweiundzwanzig Abhandlungen verwarf er den Weg der Naturphilosophen zugunsten der Mystik: die Überlieferung oder die Kabbala.

Nach dem Buch Genesis war die Welt durch das Wort Gottes entstanden. Die hebräischen Laute, die der Schöpfer gesprochen hatte, mussten wohl magische Kraft besitzen. In der kabbalistischen Fassung der Schöpfungsgeschichte, dem Sefer Jezira, hatte Pico selbst gelesen, wie der Herr die Schriftzeichen für sein Werk benutzt hatte: »Er grub sie ein, hieb sie heraus, verband sie, wog sie und tauschte sie gegeneinander aus, und formte so alles, was geschaffen ist und je geschaffen werden wird.«

Wie Platon war Abulafia der Meinung, die Seele sei in der Materie gefangen und habe so die Verbindung zur Unendlichkeit Gottes verloren. Um zu ihrem Ursprung zurückzukehren, musste sie sich der Welt entziehen. Der Geist konnte ihr helfen, die Kluft zwischen ihr und dem Unnennbaren zu dichten, indem er die Formen der Materie auf ihre Namen zurückführte. Diese Namen waren nichts weiter als Kombinationen von Schriftzeichen. Durch das Spiel dieser Elemente befreite sich die Seele von den weltlichen Formen und näherte sich in unendlichen Variationen, Permutationen und Transformationen dem Azoth: dem Anfang und Ende des hebräischen Alphabets (Aleph und Thau), des griechischen (Alpha und Omega) und des lateinischen (A und Z).

In der mystischen Art der Meditation, die Abulafia entdeckt hatte, versank der Geist nicht in sich selbst, sondern wurde zu größerer Aufmerksamkeit gezwungen, indem er Schriftzeichen zu sinnvollen Kombinationen ordnen musste: den Namen Gottes. Sie bildeten die Leiter, auf der die Seele zu ihrem Ursprung emporsteigen konnte.

Pico nahm ein Blatt und schrieb das hebräische Alphabet auf. Er zählte zweiundzwanzig Schriftzeichen. Ihre Verbindungen bildeten alles Seiende. Es gab drei Mutterbuchstaben: Aleph, Mem und Shin. Sie entsprachen Luft, Wasser und Feuer. Diese drei Elemente schufen, sobald sich das Feuer mit Hilfe der Luft mit dem Wasser verbunden hatte, den Himmel und die Erde. Sie brachten die übrigen neunzehn Schriftzeichen hervor. Es waren sieben doppelte Schriftzeichen, die für zwei

Laute stehen: Beth, Ghimel, Daleth, Kaph, Phe, Resch und Thau. Sie waren die sieben Himmel, beherrscht von den sieben Planeten, von denen jeder einen Tag der Woche behütete. Schließlich gab es zwölf einfache Schriftzeichen: He, Vau, Zain, Cheth, Theth, Jod, Lamed, Nun, Samech, Hain, Tsade und Koph. Diese stimmten mit den zwölf Zeichen des Tierkreises überein.

Pico schrieb unter das hebräische Alphabet in lateinischen Großbuchstaben seinen Namen: IOANNES PICVS MIRANDVLAE. Danach ordnete er die Buchstaben in alphabetischer Reihenfolge: AAA, C, D, EE, III, L, M, NNN, O, P, R, SS, VV. Wie viele Kombinationen waren damit möglich? Schon der Gedanke machte ihn schwindlig.

Sein Name enthielt die drei hebräischen Namen des höchsten Wesens: IAO, ELOIM und ADONAI. Er enthielt die lateinischen Namen DEVS und DOMINVS und die hermetischen Namen POEMANDER, PAN und ASCLEPIVS. Er enthielt die Namen von Mann und Frau: MAS und MVLIER. Er enthielt die Namen des ersten Menschenpaares: ADAM und EVA. Er enthielt den Namen des vollkommenen Menschen IESVS, seines Ehrentitels MESSIAS, seiner Mutter MARIA und seines Verräters IVDAS. Würde auch er, Pico, verraten werden? Der Name enthielt die vier Buchstaben von AMOR, Liebe, und von MORS, Tod. Er enthielt Sein und Nichtsein, ESSE und NON ESSE. Er war der universelle Allgeist: PANDAEMON VNIVERSALIS. Zwei Buchstaben blieben übrig: I und C. IESVS CHRISTVS?

Prophezeite dieser Name, der alles schrieb (OMNIA OMINA), auch Picos Leben und Tod? Er schrieb:

PVER, Kind, ADOLESCENS, Jüngling, IVNIOR, junger Mann, IVVENIS, Erwachsener. Aber wie er auch suchte, das Wort SENEX, Greis, fand er nicht.

Schließlich zählte er die Buchstaben. Es waren zweiundzwanzig, ebenso viele wie das hebräische Alphabet, ebenso viele wie IESVS CHRISTVS NAZARENVS, Jesus Christus von Nazareth. War er der neue, der vollkommene Mensch?

Der Dialog

Verwundert begrüßte Marsilio Ficino am Freitagmorgen seinen unerwarteten Gast Giovanni Pico. Seit dem Tod Polizianos hatten sie sich nicht mehr gesehen.

»Es ist der siebte November«, sagte Pico mit einem fahlen Lachen, »heute feiert die Florentiner Akademie Platons Geburts- und Todestag.«

Der Philosoph in der schwarzen Toga schüttelte seine grauen Locken und stotterte wie immer: »Giovanni, wo warst du nur so lange?«

»Ich war krank«, erklärte Pico. »Im Kopf fühle ich mich noch ganz benommen, aber ich möchte unsere jährliche Zusammenkunft nicht versäumen. Vielleicht ist es ja das letzte Mal, dass ich dabei sein kann.«

Marsilio entschuldigte sich, dass er wegen der Unruhe in der Stadt den Festtag vergessen hatte. Er versuchte Giovanni aufzumuntern, als dieser sagte, er habe nicht mehr lange zu leben: Vielleicht hätte sein Freund doch Recht und man dürfe den Horoskopen nicht glauben. Aber Giovanni ließ sich nicht trösten und klagte, nicht einmal die Kabbala gönne ihm hohes Alter. Mond und

Sterne lügen, aber die Buchstaben sprächen die Wahrheit: Wie der Erlöser werde er nur dreiunddreißig Jahre leben.

»Du könntest mein Sohn sein«, beschwichtigte Ficino. »Du hast noch viele Jahre vor dir, bis du so alt bist wie ich.«

»Ich bin zur Einkehr gekommen, als ich meine Freunde sterben sah. Aber vor drei Tagen ist mir eine Schlange erschienen: Das ist eine letzte Warnung. Muss ich Dominikaner werden, wie Savonarola es seit Jahren von mir verlangt?«

Auf Marsilios Gesicht erschienen Falten. Er versicherte Giovanni, dass jeder Mensch seine besonderen Talente nutzen müsse. Ein Soldat musste kämpfen, ein Mönch beten, ein Philosoph denken. Nur Pico konnte Platon und Aristoteles miteinander versöhnen.

Giovanni seufzte, niemals werde ihm genug Zeit bleiben, um sein Magnum Opus zu schreiben.

»Vielleicht«, schlug Marsilio vor, »muss die Übereinstimmung zwischen den beiden nicht in allen Gebieten bewiesen werden. Vielleicht reicht es, anhand eines einzigen Problems zu zeigen, dass ihre Wege zur selben Wahrheit führen.«

»Ich verstehe etwas nicht«, sagte Giovanni, als sie sich zu beiden Seiten des Kamins gegenübersaßen, er mit Wasser, der andere mit Wein. Er berichtete weitschweifig, wie ihn der Tod seines Freundes Poliziano in den letzten Tagen verfolgt hatte.

»Marsilio, du hast den ganzen Platon übersetzt, verrate mir, wie dein Meister dieses Rätsel lösen würde.«

Ficino nippte an seinem Weißwein und antwortete, Platons Methode sei die der Wiedererinnerung. Was sich in diesem Schattenreich abspiele, sei nur eine Widerspiegelung der wahren Welt. Wer die Erscheinungen begreifen wolle, müsse sie auf ihr Wesen zurückführen. Dieses Wesen war ihr Begriff, ihr Name.

Giovanni nickte: »Das hat mich die Kabbala auch gelehrt. Die Lösung für Polizianos Tod muss also in den Buchstaben seines Namens liegen. Sein Vorname Angelo ist griechisch: Engel oder Bote.«

»Siehst du? Dieser Vorname gibt bereits einen Hinweis auf eine geheime Botschaft. Sie muss in seinem Nachnamen verborgen sein.«

»Poliziano, Politianus? Das ist lateinisch: der Mann der Politia.«

»Genau«, stammelte Marsilio. »Alle Namen führen zu Platon. *Politia* ist der lateinische Titel von Platons Dialog über den Staat. Hilf mir mit deinem Gedächtnis, Giovanni. Ist im Staat von einem Boten die Rede?«

Pico lächelte: »Du spielst deine Rolle als Sokrates ausgezeichnet, mein Bester, du legst mir die richtigen Antworten in den Mund. Natürlich ist im *Staat* von einem Boten die Rede. Der Dialog endet mit dem Mythos von Er, dem Pamphylischen Soldaten. Er ist der einzige Sterbliche, der je vom Tod zurückgekehrt ist. Nachdem er gefallen war, legte man ihn auf einen Scheiterhaufen. Aber er erwachte unversehens und berichtete, was er in seinem Todesschlaf im Jenseits erlebt hatte. Daher nennt ihn Platon einen Boten aus der Unterwelt.«

»Und welche Botschaft brachte er?«

»Die Lehre von der Seelenwanderung«, antwortete Giovanni. »Der Soldat Er sah, wie die Seelen, zwischen zwei Leben, ihr eigenes Schicksal auswählen. Macht und Sklaverei, Reichtum und Armut, Ruhm und Namenlosigkeit, Schönheit und Hässlichkeit, Stärke und Schwäche: Es gibt alle möglichen Kombinationen. Jede Seele wählt ihr eigenes Leben und damit auch ihren eigenen Tod.«

»Richtig, jetzt stellt sich nur die Frage, welches Schicksal die Seele unseres armen Freundes wählte, als sie noch nicht Poliziano war.«

»Sie wählte den Namen Poliziano und damit die Poesie, die in dem Namen steckt«, sagte Pico. »Sie wählte das kurze, aber ruhmreiche Leben eines Dichters.«

»Also wählte sie auch einen schrecklichen Tod«, schloss Marsilio.

»Wählte sie auch seinen Mörder?«

»Zweifellos. Alles steht in den Sternen geschrieben.«

»Oder in den Schriftzeichen. Dann können wir aus den Buchstaben seines Namens den seines Mörders lesen.«

»Ohne Frage«, sagte Marsilio. »Wenn wir die Kombinationen, die das Schicksal auswählt, richtig deuten.«

»Sind sie nicht unendlich?«

»Auf dem Gartentor Platons stand: Hier darf niemand ohne Kenntnis der Geometrie eintreten.«

»Nur Gott hat genug Zeit, alle Möglichkeiten zu berechnen«, warf Pico ein. »Platons Methode kann uns nicht auf die Spur von Polizianos Mörder bringen.«

»Es sei denn, das Schicksal ist uns gewogen«, antwortete Marsilio. »Glaubst du etwa, dass dir Aristoteles schneller zur Lösung verhilft?«

»Aristoteles glaubt nicht an das Wort, sondern an den Begriff, er schwört nicht auf die Einheit, sondern auf den Unterschied. Wir müssen also reduzieren, kategorisieren, argumentieren.«

»Und dennoch willst du Platon und Aristoteles, trunkene Ekstase und nüchternen Intellekt, versöhnen?«

»Einheit und Zweiheit sind nur scheinbar Gegensätze. Wo sie sich berühren, verschmelzen sie ineinander: in der Unendlichkeit.«

Giovanni begann einen Monolog über sein Gottesbild. Die Bibel war nur eine Seite der universellen Theologie. Deshalb hatte er alle heiligen Bücher der Hebräer, Ägypter, Griechen, Römer, Perser, Syrer und Araber gesammelt: die Geheimen Bücher Mose, den Hermetischen Poemander und Asklepios, die Smaragdene Tafel, die Orphischen Hymnen, die Sibyllinischen Orakel, die Rollen Zoroasters und den heiligen Koran. Keines dieser Bücher definierte Gott gleich. Dionysius Areopagita hatte alle Namen Gottes aus der Bibel herausgeschrieben: Iao, Eloim, Adonai, Herr, Himmel, Schöpfer, Vater, König, Heiliger, Allerhöchster. Jeder dieser Namen war nur ein Attribut seines Wesens, ein Abglanz seines Leuchtens, ein Element seines universellen Seins.

Die meisten Philosophen benannten das höchste Wesen mit positiven Begriffen: Parmenides nannte Gott das Einfach Eine, Platon die Exemplarische Ursache, Aristoteles den Unbewegten Beweger, Averroes den Unablässigen Beweger, Al-Ghasali die Absorbierende Ursächlichkeit, Maimonides den Reinen Gedanken, Scotus Eriugena das Wahre Wesen, Anselm von Canterbury die Steigerung der Vollkommenheit und Thomas von Aquin das Reine Sein.

»Ich nenne ihn die Sonne der Sonne«, sagte Ficino, aber Pico ließ sich nicht unterbrechen. »Viele meinen, dass Gott jede Kategorie sprenge und nur in der Negation ausgedrückt werden könne. Plotin sprach vom Unaussprechlichen Einen, die Kabbalisten nannten das Unsagbare Ain, das Nichts. Aber der von mir gewählte Name stammt von Nikolaus Cusanus: Gott ist die coincidentia oppositorum, der Ort, in dem alle endlichen Gegensätze zusammenfallen. Dort verschmelzen alle Gottesbilder zu der Kugel, deren Zentrum überall und deren Umfang nirgends ist.«

»Das Paradoxon«, widersprach Ficino, »ist die Niederlage des Geistes.«

»Das Paradoxon«, gab Pico zurück, »ist die einzige Wahrheit.«

»Auf diese Weise wirst du nie den Mörder finden.«

»Vielleicht, vielleicht auch nicht. Alles hat widersprüchliche Aspekte. Es kommt darauf an, sie miteinander zu versöhnen. Wir beide scheinen Antagonisten zu sein, aber die Gegensätze zwischen dem Platoniker und dem Peripatetiker sind nur Masken, die sich die eine Wahrheit aufsetzt.«

»Ich habe die Rolle des Platonikers gespielt, Giovanni. Nun übernimm du die Rolle des Peripatetikers.«

Giovanni erklärte ihm, dass Totschlag wie jede menschliche Handlung von einer inneren oder äußeren Ursache ausgelöst werde und deshalb nicht nur eine Aktion, sondern auch eine Passion sei.

»Die Passion macht den Mörder«, sagte er. »Oder, wenn du lieber einen christlichen Begriff hören möchtest als eine aristotelische Kategorie, dann nenne diese Passion Todsünde. Es gibt sieben Todsünden. Nur die Trägheit taugt nicht zum Mordmotiv. Bleiben sechs Motive übrig. Unser Problem ist, dass wir nicht einen, sondern sechs mögliche Mörder haben.«

Marsilio sah, dass sein Schüler seine Begeisterung wiedergefunden hatte, und ermunterte ihn, weiterzusprechen.

»Gekränkter Stolz kann ein Mordmotiv sein. Piero de' Medici wurde als Kind von seinem Lehrer gedemütigt. Jetzt, wo er Macht hat, kann er den Auftrag zum Mord an Poliziano gegeben haben. Er ist ebenso gewissenlos wie leichtsinnig.«

Ficino wollte reagieren, hielt sich aber zurück.

»Gier ist ein starkes Motiv. Der Gutsverwalter Polizianos glaubte, er würde in dessen Testament bedacht.«

»Er wollte den Augenblick der Abrechnung beschleunigen?«

»Vielleicht. Aber Zorn ist ein noch stärkeres Motiv. Der größte Zorn ist der Zorn Gottes. Wer führt ihn ständig im Munde?«

»Savonarola ...?«, stotterte Marsilio. »Du denkst doch nicht ...«

»Er war der Vorletzte, der Poliziano lebend gesehen hat. Vielleicht wollte er das Werkzeug von Gottes Rache sein, indem er einen unwürdigen Kanoniker bestrafte. Aber noch beschuldige ich niemanden. Ich untersuche nur die Möglichkeiten.«

»Sprich weiter, Giovanni.«

»Habsucht ist ein niedriges Motiv, das Motiv des Armen. Vielleicht hat Marias Tante den Kranken von seinem Leiden erlöst, um sich mit ein paar Wertsachen aus dem Staub zu machen. Vielleicht verabschiedete sie sich deshalb nicht von dem Verwalter.«

Ficino nickte zustimmend: »Und Neid?«

»Neid kann gelegentlich die Form von Eifersucht aus Liebe annehmen.«

»Wer war der Rivale?«

»Ich war als Fünfzehnjähriger Polizianos Geliebter«, sagt Pico. »Wie der hässliche Sokrates liebte auch er junge Schönheit. Einst werde ich dafür büßen. Aber ich war nicht der Einzige.«

Unvermittelt fuhr er fort: »Das niedrigste und stärkste Motiv ist Wollust. Möglicherweise hat Maria ihren Liebhaber getötet.«

»Und wie?«

»Indem sie mit ihm schlief. Vielleicht war seinem geschwächten Körper die Lust zu viel.«

Der Phoenix

Lange musste Giovanni am nächsten Tag das Bett hüten. Die brennenden Magenschmerzen, die ihn schon eine Zeit lang quälten, waren nun zu einem dumpfen Krampf in seinen Eingeweiden geworden. Hatte er etwas Falsches gegessen? Er, der immer einfach aß und trank, verwünschte sich, als er an die saure Ziegenmilch dachte, die ihm der Sonderling auf dem Berg angeboten hatte. Er beschloss, Polizianos Beispiel zu folgen und weder Speise noch Trank zu sich zu nehmen, nichts, das er nicht hatte vorkosten lassen.

Aber der Dichter war trotz dieser Vorsorgemaßnahmen unter unerträglichen Schmerzen gestorben. Stand ihm dasselbe Schicksal bevor? Wollte ihn derselbe Feind aus dem Weg räumen? Konnte er vielleicht sein Leben retten, indem er den Mordfall löste? Diese Gedanken spukten ihm unablässig durch den Kopf, während er immer wieder die verschiedenen Möglichkeiten durchdachte.

Warum waren das junge Mädchen und die alte Frau noch einmal zur Villa gekommen? Hatten sie etwas mit Poliziano besprochen? Möglicherweise hatten sie ihn um

Geld gebeten. Die alte Frau hatte etwas von einem Legat gesagt. Aber es war der Verwalter, der sie bezahlt hatte. Sollte mit der Summe etwa ihr Schweigen erkauft werden? Die Frau behauptete, sie hätte in der bewussten Nacht beim Verwalter angeklopft. Aber Francesco behauptete, nichts gehört zu haben. Einer der beiden log. Warum? Wie kam es, dass Poliziano seinem Verwalter nichts hinterlassen hatte? Hatte Savonarola ihn an jenem Abend aufgefordert, für sein Seelenheil dem Kloster sein ganzes Vermögen zu überschreiben? Oder hatte Francesco mit dem Prior gemeinsame Sache gemacht und das Testament im Tausch gegen das neue Verwalteramt für das Kloster gefälscht?

Während diese Fragen in seinem Kopf kreisten, fiel Giovanni in einen unruhigen Schlaf. Spät am Nachmittag weckte ihn ein fassungsloser Cristoforo, um ihm von den Ereignissen des Tages zu berichten. Piero de' Medici hatte sich nach seinen Verhandlungen wie ein Triumphator von den Städtern zujubeln lassen. Wie der Erlöser teilte er Brot und Wein an das Volk aus. Zugleich aber verbreitete sich das Gerücht, er hätte Karl VIII. zwanzigtausend Dukaten für die Schonung der Stadt geboten: Sein Sieg war ein Kniefall gewesen.

Am nächsten Tag sickerte durch, dass der Herrscher insgeheim Söldner hatte anwerben lassen. Daraufhin besetzten Anhänger Savonarolas das Gebäude der Signoria. Ein Trupp Piagnoni marschierte zur Via Larga und drang in den Palazzo der Medici ein. Piero flüchtete, Richtung Bologna. Die Straße rief Savonarola schon zum neuen Herrn der Stadt aus.

Zwei Tage später stieg der Prior von San Marco auf die Kanzel. »Oh, Florenz, glaube mir«, predigte er, »dieser Umsturz hätte in ein großes Blutbad entarten können, aber dein Beten und Fasten hat den Herrn milde gestimmt, dir einen Teil der Strafen zu erlassen, die er dir zugedacht hatte, und dir stattdessen eine Vorspeise vorzusetzen, die mit einer süßen Sauce übergossen ist.«

Dachte Girolamo dabei an seinen bettlägerigen Freund, der tatsächlich seit einigen Tagen betete und fastete? So hatte Giovanni seine Koliken einigermaßen lindern können. Er trank nur noch mit ein wenig Wasser verdünnten Wein, den der treue Cristoforo für ihn vorkostete, und wies jede feste Nahrung zurück außer der Hostie bei der Kommunion, die ihm jeden Tag von Savonarolas Mitbrüdern gebracht wurde.

Er bat den Dominikaner, ihm aus der Klosterbibliothek Bücher mitzubringen, in denen Gifte der Vergangenheit und Gegenwart behandelt wurden. Allein schon Maimonides beschrieb dreihundertfünfzig. So las Pico über Belladonna: der bittere Extrakt der Tollkirsche, der wie eine schöne Frau die Pupillen erweitert, den Herzschlag beschleunigt und die Muskeln erschlaffen lässt. Er lernte, wie Albertus Magnus auf alchimistischem Wege Auripigment erhitzt hatte, um Arsen herzustellen: Dieser männliche Stoff verursachte Bauchschmerzen, Muskelkrämpfe, brennenden Durst und einen zitternden Puls. Aber das modernste und gefährlichste Mittel war Acqua Toffana. Das Neapolitanische Wasser, dessen Zusammensetzung nur wenige kannten, wurde von den Giftmischern Papst Alexander Borgias eingesetzt. In kleinen Mengen verabreichten sie ihren Opfern das süße, weiße Pulver, die so unmerklich vergiftet wurden. Nach etwa zwei Jahren trat unausweichlich der Tod ein.

Wurde er ebenfalls auf diese Weise vergiftet? War jetzt

der Brand ausgebrochen, der schon lange in ihm schwelte? Zum ersten Mal in seinem Leben betete der Graf in dem festen Glauben, dass Gott ihn beschützen werde. Er erinnerte sich an das Bittgebet, das er einst an Ihn gerichtet hatte, und erkannte nun die Wahrheit seiner eigenen Worte. Wieder bat er Gott, seine Not zu lindern und ihn von jeder Ansteckung zu reinigen. Er bat Ihn, seinen gerechten Zorn abzuwenden, die Glut in seinem rasenden Geist zu löschen und in seinem Herzen nur noch Liebe leben zu lassen. Leidenschaftlich flehte er, dass ihm, wenn er nach der Vollendung seines Lebenswerkes vor dem Richter erscheinen werde, die ewige Seligkeit im himmlischen Königreich zuteil werden möge, wo er Gott nicht mehr als Herrn, sondern als Vater anschauen werde.

Die Kunde von seiner Krankheit verbreitete sich in der Stadt mit anderen Hiobsbotschaften. Bekannte kamen an sein Krankenbett. Ficino hatte in den Sternen gelesen, dass sein Freund nicht sterben werde, bevor er sein Lebenswerk nicht vollendet hätte. Es konnte Picos saturnische Melancholie nicht besänftigen. Zwei Tage später erschienen zwei Herren mit hohen Hüten. Sie stellten sich als Gesandte Karls VIII. vor: Der König hatte von der Krankheit des Freundes vernommen und schickte ihm daher zwei seiner Leibärzte. Die Heilkundigen verordneten dem Grafen Skorpionöl. Dieser erkannte das Rezept und schickte sie fort. Dasselbe geschah mit dem Wildbret und anderen Leckereien, die Casale seinem Herrn täglich in der Hoffnung vorsetzte, ihn wieder zum Essen zu verlocken.

Das Fasten schwächte Pico so sehr, dass für ihn Tage und Nächte eins wurden. Von draußen hörte man zusammenhangloses Stimmengewirr, Straßenbanden skandierten einen Namen mit vielen Vokalen, erschrockene Stimmen riefen Losungen zurück, die wie Bälle zwischen den Hauswänden hin- und hersprangen. Er hörte Steinzeug zerbröckeln, schwere Karren rumpeln, Hellebarden klirren und Soldaten brüllen, eine Frau zetern und Kinder kreischen und schließlich das Gesindel johlen. War dies die von Savonarola prophezeite Endzeit?

Aber sein Flehen wurde erhört. Wie in den Tagen, als der Herr den Gottesfürchtigen noch Boten sandte, wurde ihm ein Engel geschickt. Früh am Morgen kam Cristoforo und meldete seinem Herrn, eine Frau wolle ihn sprechen. Da Pico schlief, habe er sie vorläufig in der Küche empfangen. Aber sie wolle ihren Namen nicht nennen. Mit einem schlaftrunkenen Nicken forderte Pico ihn auf, sie einzulassen.

Lautlos wie ein Geist kam sie auf ihn zu. Der mit Perlen besetzte Mantel umhüllte ihr Gesicht mit einem schimmernden Kranz. Rosenduft füllte plötzlich den Raum. War dies die Todesstunde? Seine Augen versuchten im Halbdunkel ihren Schatten zu erkennen, aber erst als sie sprach, wusste er, wer sie war.

»Ich bin gekommen«, sprach sie, »weil du mich hast rufen lassen.«

Giovanni wollte widersprechen, aber die Worte erstarben auf seiner schweren Zunge. Als sie sich näherte und über ihn neigte, schienen ihre leichten Schritte den Boden nicht zu berühren.

Er sah in das sanfte, ernste, betrübte Gesicht, dessen blaue Augen ihn an die seiner Mutter erinnerten und die goldenen Flechten an die Simonettas. War Maria aus der Unterwelt auferstanden, um ihn über den Tod seines

Freundes zu trösten? Oder war sie die Göttin des Frühlings, die gerade mit schleppendem Gewand aus Sandros Gemälde gestiegen war, um ihn wieder ins Leben zurückzurufen?

Als er die Hände nach ihr ausstreckte, neigte sie sich noch weiter vor, sodass er ihr Gesicht, kühl und feucht wie Tau, spüren konnte. Da erst erkannte er, dass sie durch einen Herbstschauer hierher gekommen war.

»Giovanni«, sagte sie, »du darfst nicht sterben. Ich will, dass du wieder gesund wirst und jung.« Das letzte Wort war ein Echo des Wortes, mit dem sie ihren Satz begonnen hatte.

»Giovanni – giovane«, dachte er, »mein Name beweist, dass ich nicht alt werden soll.«

»Ich habe das Lebenselixier bei mir«, sagte sie.

Sie ließ den Mantel mit einer Bewegung von den Schultern gleiten, die er schon früher einmal gesehen hatte. Sie löste ein Band nach dem anderen, das die Taftseide festhielt. Das Kleid glitt ihr halb von der linken Schulter, sodass sich plötzlich auf ihrem Unterkleid die Perle ihrer Himbeere abzeichnete.

»Warum bist du nicht zu mir gekommen?«, fragte sie. »Orpheus, seit Jahren habe ich auf dich gewartet.«

»Eurydike«, flüsterte er, zog sie an sich und spürte den noch immer mädchenhaft zarten Körper unter seinen bebenden Fingern.

Ihre feuchten Lippen berührten seine ausgetrockneten Lippen. Ein Hauch nach Myrte und Rosenwasser wehte über ihn. Er drang in ihre Lippen ein, sie öffneten sich wie eine Venusmuschel. Seine Zunge suchte ihre Zunge, wie der göttliche Sänger einst im Irrgarten der Unterwelt nach seiner verlorenen Geliebten Ausschau gehalten hatte. Ihre Zähne stießen aufeinander, als sie die Decke zur Seite schob, sich auf ihn setzte und ihr durchscheinendes Gewand aufschürzte, dass es zu einer Höhle wurde, in der sein Verlangen wuchs.

Sie legte ihre Arme um ihn. Wie sich die Rebe um die Ulme schlingt und der Efeu mit seinen Saugnäpfen um die Steineiche windet, so schob sie ihre Brust, den Hals, ihr Gesicht über ihn. Schließlich umklammerte sie seine Schultern und presste ihre Lippen auf seinen Mund. Ihre Wangen glühten, ihr Atem ging schwer.

»Was wünschst du dir?«, fragte sie.

»Ich will nicht sterben«, stöhnte er.

»Willst du ewig leben?«, flüsterte sie. »Dann schenk mir ein Kind. Dein Sohn wird dein Werk fortsetzen.«

Erneut vereinten sich ihre Lippen und vermengten sich ihre Lebenssäfte. Sein keuchender Atem brannte von der Hitze aus seinem dumpf pochenden Herzen. Sanft zog ein Seufzer seine Seele mit sich, ließ sie fast sterben, aber in der Milde dieser Frühlingsbrise wieder aufleben.

Da brach die Sonne durch die Wolken und sandte einen Feuerpfeil durch das schmale Fenster des Schlafzimmers. Der alte Phoenix erwachte und richtete sich wie eine Fackel auf. Das Nest des Bettes entflammte zu einem Scheiterhaufen. Pico della Mirandola fühlte, wie die fiebrigen Flammen, die bisher in seinen Eingeweiden geschwelt hatten, plötzlich aus seinen Lenden bis in den Schoß Margheritas aufloderten.

Das Testament

Aber wenn die Liebesglut ausgewütet hat und die Geliebten beieinander liegen, kommen die Fragen und die Antworten. Margherita erklärte Giovanni, dass sie seit dem erst kurz zurückliegenden Tod ihres Gemahls wieder bei ihrer Familie in Florenz wohne. Cristoforo habe sie gestern aufgesucht und ihr von der Krankheit seines Herrn berichtet. Er habe sie gebeten, Giovanni aus seiner Lethargie zu erlösen.

Giovanni berichtete ihr von Polizianos Tod und seiner Furcht, vergiftet zu werden. Sie schlug ihm vor, bei sich zu Hause eigenhändig seine Mahlzeiten zuzubereiten und ihm das Essen bringen zu lassen. Zum Abschied küsste er sie mit den Worten, sie sei seine Isis, die ihren geliebten Osiris wieder zum Leben erwecken werde. Sie versprach, am nächsten Morgen wiederzukommen.

Giovanni fühlte sich wie neugeboren: Morgen würde der Phoenix wieder aus dem Ei der Nacht aufsteigen. Wieder sah er das rätselhafte Gemälde Botticellis vor sich, auf dem die goldenen Äpfel das ewige Leben symbolisierten. Nun konnte er besser begreifen, dass es aus zwei verschiedenen, sich ergänzenden Szenen bestand.

Die rechte Seite stellte den Windgott Zephyr dar, der sich liebestrunken auf das Mädchen stürzt; die linke Seite zeigte ein anderes Mädchen, das sich in den Botengott Hermes verliebt hatte. Zephyr war der Dichter Angelo, der wie ein Engel zu der Jungfrau herniederstieg, um so die Erde mystisch zu erlösen. Hermes war der Philosoph Giovanni, Johannes der Täufer, der Vorbote des Herrn und Schutzpatron von Florenz, welcher der irdischen Passion den Weg zur himmlischen Liebe zeigte.

Während er sich das Bild vorstellte, begriff er plötzlich, was die Krankheit und den Tod des ersten Mädchens ausgelöst hatte. Als Maria Anzeichen einer Schwangerschaft bemerkte, drängte sie ihre Tante, mit ihr zur Villa in Fiesole zu reiten. Dort hatte sie Poliziano gefragt, was mit dem Kind geschehen solle. Vielleicht hatte er ihr Geld versprochen. Nach seinem Tod hatte ihnen der Verwalter mitgeteilt, dass von einem Legat keine Rede sei, weil der Dichter all sein Hab und Gut dem Kloster von San Marco vermacht hatte. Aus Verzweiflung hatte das schwangere Mädchen Selbstmord begangen; aus Zerknirschung bezahlte der Verwalter ihr Begräbnis. Aber sie, die Reinkarnation Simonettas, erstand in Botticellis Gemälde als Flora und in Polizianos Dichtung auf ewig wieder auf. Wie die Natur erschuf die Kunst immerdar neue Jugend und neue Schönheit.

Die linke Seite des Gemäldes war Pendant und Komplement der rechten Seite. Da verfolgte der in Liebesglut entflammte Mann die Frau, dort wurde die Frau unwiderstehlich von dem Mann angezogen. Hermes Trismegistos, Priester, Prinz und Philosoph, kehrte der sichtbaren Welt den Rücken, um hinter den Sternen des

Empyreums die ewige Wahrheit zu suchen. Der Sucher himmlischer Wahrheit zog die verwunderte Aufmerksamkeit des irdischen Mädchens auf sich, das sich bald aus dem Kreis seiner Gespielinnen lösen würde, um ihrem Herrn zu folgen. Liebe ist das Verlangen, das von der Schönheit geweckt wird. Aber die größte Schönheit ist die Wahrheit. Deshalb ist die Liebe blind: Das Mysterium erschließt sich nur dem geschlossenen Auge. Wer war dieses Mädchen? Ihr durchscheinendes Gewand war mit Perlen geschmückt. Margarita war das lateinische Wort für Perle.

Wer hatte Poliziano ermordet? Der Blick des Suchenden wanderte nach oben, aus dem Bild heraus, das diese Welt verkörperte. Nicht hier, in dieser Scheinwelt, lag die Lösung des Rätsels, sondern dort, in der wahren Welt über den Wolken. Wer das Geheimnis des Todes herausfinden wollte, musste sterben. Wer wissen möchte, was ein Mörder ist, muss töten.

Der Rausch seiner Gedanken trübte seinen Verstand. Sein Geist verlangte nach der Lösung aller Rätsel der Welt, seine Seele sehnte sich nach Erlösung aus seinem allzu lang gehegten Verlangen, aber sein ruheloser Körper sank in einen bleiernen Schlaf.

Die Morgendämmerung brachte keine aufgehende Sonne, sondern niederrauschenden Regen. Eine Sturmbö stürzte sich auf die Stadt. Wolken zerplatzten über den Dächern wie Wassersäcke, Hagel wehte Vorhängen gleich an den Festungswällen entlang, Schaum spritzte in hellen Strahlen gegen die Fassaden, Straßen wurden zu Strömen, Plätze verwandelten sich in Tümpel, alles wurde abgespült und reingewaschen. War dies die von Savonarola seit langem prophezeite Sintflut?

Aber der Herbststurm brachte Pico keine Erquickung. Ein Blitzeinschlag hatte ihn geweckt. Genauso war drei Tage vor Lorenzos Tod die Kugel oben auf dem Dom getroffen worden. Beim Versuch, sich aufzurichten, drückte ihn die Mattigkeit wieder in die Kissen zurück. Seine Zunge war trocken: Das Fieber hatte wieder eingesetzt. Am vorherigen Abend hatte er sich zu viel zugemutet. Bald würde ihm Margherita mit dem Essen wieder Kraft und Trost bringen. Er musste sich nur in Geduld üben und warten, bis die Wolken vorüberzogen.

Der Regen wollte nicht aufhören. Als Cristoforo kam, um sich nach der Gesundheit seines Herrn zu erkundigen, fragte ihn Pico nach Neuigkeiten aus der Stadt. Der Sekretär hatte gehört, dass das feindliche Heer jetzt so nahe herangerückt war, dass es in etwa zwei Tagen in die Stadt einmarschieren konnte. Der Frate hatte den Franzosen übrigens freien Durchzug versprochen. Pico prophezeite, dass er in seiner nächsten Bußpredigt die Ankunft der Besatzungsmacht als reinigenden himmlischen Sturmwind darstellen würde.

Vor Freude, bald seinen alten Freund, den König von Frankreich, wiederzusehen, bat er ganz unerwartet um etwas zu trinken. Cristoforo brach das Siegel eines staubigen Kruges, schenkte den Wein ein, nahm selbst einen Schluck und reichte Pico den Becher. »Ich bin froh, dass Ihr Euren Starrsinn überwunden habt«, sagte er teilnehmend. »Soll ich auch ein wenig Brot und geräuchertes Fleisch aus der Küche holen?« Aber sein Herr schickte ihn fort.

Wenig später brachte ein bitterer Geschmack im Mund Pico zum Würgen. In seinem Kopf begann es zu hämmern, und sein Magen rebellierte. Er schaffte es kaum, sich über den Kübel zu beugen, der neben seinem Bett stand. Er erbrach sich lange, mit krampfartigen Kontraktionen seiner Speiseröhre. Nicht nur der Inhalt seines Magens, auch der seiner Gedärme schien herauszustürzen. Weinrot, Gallengelb und Schleimweiß vermischten sich auf der schwarzen Emaille. Mit tränenden Augen streckte er sich schweißüberströmt wieder aus.

Aber die Krämpfe ließen nicht nach. Einmal schien sein Magen ein Balg zu sein, den von allen Seiten Pfeile durchbohrten, dann wieder ließen ihn Schüttelkrämpfe, die schlimmer waren als alles, was er je zuvor gespürt hatte, sich vor Schmerzen krümmen. Durst trocknete seinen Gaumen aus und dörrte ihm so die Kehle, dass er zu ersticken fürchtete. In seiner Verzweiflung rief er Cino zu sich und erteilte ihm einen Befehl, den er sein Lebtag noch nicht ausgesprochen hatte: Er ließ einen Arzt rufen.

Der düster blickende Arzt trug den schwarzsamtenen Mantel und den Hermelinkragen seiner Zunft. Leoni von Spoleto war der Sohn von Lorenzos Leibarzt, der seinem Patienten Diamantstaub als Heilmittel verabreicht hatte. Als der Prächtige dennoch gestorben war, soll sich der Arzt aus Verzweiflung bei der Kirche San Gervasio in eine Zisterne gestürzt haben. Andere meinten, Knechte hätten ihn dort hineingeworfen, weil sie ihn des Mordes an ihrem Herrn verdächtigten.

Leoni untersuchte den Kranken. Trotz Picos glühender Stirn waren seine Füße eiskalt. Sein Puls ging unregelmäßig, Schüttelfröste liefen über seinen Bauch. Der Arzt schüttelte den Kopf und tadelte den Grafen, weil er ihn so spät an sein Krankenlager gerufen hatte. Dann fragte er, ob Pico eine Vermutung habe, was diesen Zustand verursacht haben könnte.

Pico erzählte ihm vom schrecklichen Tod Polizianos und von seiner Angst, wie sein Freund vergiftet worden zu sein. Der Arzt nickte: »Ich dachte auch an *veneficium*. Was habt Ihr bisher dagegen unternommen?«

»Ich habe alle Doctores von meinem Bett fern gehalten«, lächelte Pico. Er gestand, dass er kurz zuvor die Leibärzte des französischen Königs weggeschickt hatte, und erklärte dem Arzt, wie er versucht hatte, seine Krankheit mit Fasten zu bekämpfen.

»Ich hatte mich schon fast selbst geheilt, als ich heute früh den Wein trank«, sagte er.

»Wo ist der Becher?«

»Bemüht Euch nicht«, sagte Pico. »Der Wein war nicht vergiftet. Mein eigener Sekretär hat ihn zuerst vorgekostet.«

»Vielleicht hat das Mischen des Weins mit einer anderen Flüssigkeit eine negative Reaktion ausgelöst. Jeder Körper ist ein Destillierglas mit Körpersäften. Jeder einzelne Stoff kann das Gleichgewicht der Elemente stören.«

»Idiosynkrasie«, nickte Pico. »Habe ich mich falsch verhalten?«

Der Arzt schüttelte den Kopf: »Bei Vergiftungen helfen weder Tränke noch Extrakte. Mein Credo heißt Erbrechen, Aderlassen und Abführen, um alle schädlichen Stoffe zu entfernen. Aber Ihr seid schon so geschwächt, dass diese Mittel Eure Konstitution noch mehr schwächen würden. Nur Ruhe kann Euch retten. Leider kann ich Euch in diesem Zustand auch keinen Schlaftrunk verabreichen.«

Er suchte in seiner Arzneikiste, holte einen Flakon heraus und tropfte ein wenig Flüssigkeit auf ein Tuch. »Dies ist ein Extrakt aus Hopfenblüten. Wenn Ihr ihn einatmet, werdet Ihr Euch matt fühlen und einschlafen. Der Diener soll Euch kalte Kompressen auf den Körper legen und Eure Stirn trockentupfen, um das Fieber zu senken. Lasst Euch gelegentlich die Lippen befeuchten, aber trinkt und esst vor allem vorläufig nichts. Ich komme heute Abend wieder.«

Unwillig ließ sich Giovanni von dem süßlichen Geruch aus dem Fläschchen betäuben. Der dumpfe Druck in seinem Kopf ließ nach und allmählich wurden die Abstände zwischen den reißenden Koliken länger. Aber zugleich mit dem süßen Schlaf kam die bittere Galle. War er vergiftet worden? Musste er nun sterben? So jung, ohne sein Lebenswerk vollendet zu haben? Wo blieb nur Margherita?

Er spitzte die Ohren, hörte aber nur den Regen rauschen. Vielleicht hatte er sie geschwängert. Sollte er je das Kind sehen, das sie gebären würde? Für den Fall, dass er starb, musste er eine Mitteilung hinterlassen, ein Testament. Wie sollte er sein Erstgeborenes nennen, wenn es ein Sohn wäre?

Während sein Atem leiser wurde, murmelten seine Lippen die Worte, die er seinem himmlischen Vater vor zehn Jahren in den Mund gelegt hatte:

»Adam, ich habe dir keinen festen Platz, kein eigenes Gesicht und keine besondere Aufgabe gegeben. Du musst dir selbst nach eigenem Willen und Erkenntnis einen Platz, ein Gesicht und eine Aufgabe suchen. Die Art aller anderen Wesen wird von Regeln bestimmt, die ich festgelegt habe. Du wirst durch den freien Willen, den ich dir gegeben habe, selbst deine Art bestimmen. Ich habe dich in die Mitte des Weltalls gestellt. So kannst du um dich herum sehen, was das Weltall zu bieten hat. Ich habe dich weder himmlisch noch irdisch, weder sterblich noch unsterblich gemacht. So kannst du ebenso frei und eigenmächtig wie ein Maler oder Bildhauer eine eigene Form wählen. Du kannst zur niedrigeren Sphäre vernunftloser Tiere entarten oder in der höheren Sphäre des Göttlichen wiedergeboren werden.«

Die Beichte

Eher als versprochen erschien der Arzt Leoni wieder am Krankenlager. Er fühlte seinem Patienten den Puls, legte ihm die Hand auf die Stirn, zog sein Lid nach unten und seufzte. Auf die Nachfrage, wie er sich fühle, antwortete Pico unter Stöhnen, der stechende Schmerz in seinen Eingeweiden habe sich noch verschlimmert. Der Arzt schüttelte den Kopf und sagte, die Nacht werde neue Fieberkrämpfe bringen. Am besten sei es, die kalten Kompressen regelmäßig zu wechseln. Mehr könne man vorläufig nicht tun.

Als der Arzt das Zimmer verlassen wollte, rief ihn Pico zurück und bat ihn, den Prior von San Marco zu benachrichtigen. Erschrocken versicherte ihm der Arzt, es bestehe noch keine Lebensgefahr, aber Giovanni sagte mit fester Stimme: »Ich muss ihn etwas fragen. Vielleicht ist er der Einzige, der mich retten kann.«

Unmerklich glitt der graue Nachmittag in die graue Dämmerung hinüber. Durch tiefes Atmen versuchte der Graf, den Gedanken an den Schmerz zu verdrängen, der seinen Körper quälte wie das härene Büßergewand einen Mönch. Gelegentlich kam Cino kurz ins Zimmer, um das Kopfkissen aufzuschütteln und ihm den Mund mit einem feuchten Tuch zu benetzen. So hatte man Christus den essiggetränkten Schwamm an die schmerzverzogenen Lippen gedrückt. Als ein Luftzug seine verschwitzte Stirn streifte, meinte der Kranke angstvoll aufschreckend die Flügel des Todesengels zu spüren.

Lautlos war der Schatten zu seinen Füßen aufgetaucht.

»Giovanni, ich bin es«, sagte er. »Wie geht es dir?«

»Es muss mir wohl schlecht gehen, wenn du an mein Bett kommst«, meinte Pico mit schmerzverzerrtem Lächeln. »Du tauchst überall auf, wo gestorben wird. Zuerst bei Lorenzo, dann bei Angelo und heute bei mir.«

»Treib keinen Spott mit dieser Prüfung, Giovanni. Sei glücklich, dass du das Leiden des Herrn teilen darfst.«

»Du warst an dem Abend, bevor er starb, bei Angelo. Sag mir, Girolamo, woran ist er gestorben?«

»Ich darf das Beichtgeheimnis nicht verletzen, Giovanni.«

»Es geht um meinen Tod oder mein Leben«, drängte Pico.

Girolamo hatte einen Stuhl genommen und setzte sich neben das Kopfende des Bettes.

»Auf dieser Welt geht es nur um den ewigen Tod oder das ewige Leben. Das weißt du wohl, Giovanni.«

»Ich will nicht sterben, bevor ich nicht meine Aufgabe hier auf Erden vollendet habe.«

»Was deine Aufgabe ist, weiß allein der Herr. Du musst auf seine Vorsehung vertrauen.«

»Wozu haben wir dann einen freien Willen?«

»Der Wille kann zum Guten wie zum Bösen genutzt werden.«

»Ich will ihn nicht für mich selbst nutzen«, sagte Pico. »Ich will nur, dass der Mörder Angelos gefunden wird.«

Die schwarzen Brauen hoben sich: »Mörder? Warum meinst du, dass Poliziano ermordet wurde?«

»Er hat auf seinem Krankenlager gesagt, dass ihn sein Feind gefunden hätte.«

»Du täuschst dich, Giovanni«, sagte Girolamo, »der Feind, von dem unser Freund sprach, war kein Mensch, kein sichtbarer Gegner, sondern ein innerer Dämon, der ihm schwarze Gedanken in die Ohren blies. So wurde einst König Saulus von einem bösen Geist heimgesucht, bis ihn David mit seinem Harfenspiel tröstete.«

Pico erinnerte sich, wie Ficino bisweilen Poliziano aufgemuntert hatte, indem er zu seinen Gedichten auf der Lyra improvisieren ließ, und murmelte: »Du meinst die Melancholie?«

»Der Dorn im Fleische, vor dem Paulus die Korinther warnt, der hat den Tod unseres Freundes auf dem Gewissen.«

»Litt Angelo denn nicht an einer Krankheit?«

»Aber ja«, antwortete Girolamo. »Er litt an der schändlichsten aller Plagen, an der des Fleisches.«

»Hatte er eine Geschlechtskrankheit?«

Die schwarze Kapuze neigte sich: »Das Fleisch ist schwach.«

»Er, der Priester, hat also mit einer Frau geschlafen?«

»Das hast du gesagt, Giovanni, nicht ich.«

Pico dachte an das schauerliche Gedicht, das sein Freund geschrieben hatte, und erkannte zum ersten Mal, dass auch im Grauen Schönheit sein kann.

»Girolamo«, sagte er brüsk, »sag mir, warum suchte ihn Piero de' Medici an seinem Todestag auf?«

»Angelo hatte Piero zu sich gebeten, damit er ihn auf dem Totenbett für seinen Streit mit den Medici um Verzeihung bitten konnte. Er starb versöhnt mit Gott und den Menschen.«

Nach einer Pause sagte Pico: »Ich muss etwas bekennen.«

»Willst du beichten?«, fragte Girolamo.

»Ich werde gleich beichten. Jetzt will ich mit dir nicht als Sünder zum Beichtvater sprechen, sondern von Mann zu Mann.«

»Ich höre, Giovanni.«

»Erinnerst du dich noch an den Skandal vor zehn Jahren, als die Frau Giuliano Mariottos mit mir aus Arezzo floh?«

»Ich dachte, du hättest sie entführt?«

»Vielleicht hat sie auch mich entführt. Ich folgte ihr blindlings. Das führte zu einem Gefecht, bei dem es Tote gab, viele Tote. Es war meine Schuld. Um Buße zu tun, habe ich keine Frau mehr berührt. Bis gestern Abend. Da ist sie wiedergekommen. Ihr Mann ist tot. Es war, als hätten wir erst am Tag zuvor Abschied genommen. Kannst du das verstehen, Girolamo?«

»Natürlich, das Fleisch ist schwach.«

»Nein, die Liebe ist stark«, sagte Pico. »Kennst du das Botticelli-Gemälde, das beim Neffen Lorenzo de' Medicis hängt? Mit verbundenen Augen zielt Cupido auf das Mädchen. Er trifft sie in die Seele, während sie zu einem jungen Mann hinblickt, der für sie die göttliche Schönheit personifiziert.«

»Sprich nicht von Bildern«, sagte Girolamo. »Sandro hat sich bekehrt. Er ist jetzt einer der feurigsten Verteidiger der Gottesstadt. Und er bedauert es, dass er jemals solche heidnischen Darstellungen geschaffen hat. Als Buße für seine Verirrungen malt er jetzt Madonnen für unsere Kirchen.«

»Glaubst du nicht an die Liebe, Girolamo?«

»Giovanni, ich glaube an die göttliche Liebe.«

»Ist die irdische Liebe nicht eine Präfiguration der himmlischen Liebe?«

»Nicht, wenn sie uns von unserer wahren Bestimmung ablenkt.«

»Girolamo, sei ehrlich. Hast du niemals eine Frau erkannt?«

Der Prior starrte grübelnd zu dem schmalen Fenster. Schließlich antwortete er: »Ich glaube, du hast mich nie verstanden, Giovanni, ich kenne die Lockungen des Fleisches besser als du. Ich bin selbst eine Frucht der Sünde: Meine Mutter war eine gefallene Frau, mein Vater ein vogelfrei erklärter Verbannter. Meine Jugend war leichtsinniger als die deine: Ich spielte weltliche Musik, betrachtete wollüstige Bilder, las die *Ars Amandi* von Ovid. Ich liebte Laudamia Strozzi, aber sie wies meine Armut und Hässlichkeit ab. Mit einundzwanzig betrat ich eine Kirche und hörte eine Stimme, so klar, wie ich jetzt dich höre. Sie sagte: ›Verlasse dieses Land.‹ Ich verließ meine Familie in Ferrara und zog nach Bologna. Dort wurde ich Dominikaner. Giovanni, ich weiß, was die Frau ist: Sie ist das Fleisch, sie ist das Böse, sie ist unsere Erbsünde. Hast du nicht selbst geschrieben, dass der Mensch ein Geschöpf ist, das zwischen Himmel und Hölle steht? Die Frau lenkt den Mann vom Höheren ab und zieht ihn hinab in den Staub.«

»Platon sagt, dass uns die irdische Schönheit zur Idee der Schönheit erheben kann. Warum sollte die Schönheit einer Frau uns nicht an die Schönheit des Paradieses erinnern?«

»Platon weiß weniger vom Glauben als eine alte Frau.«

»Ficino nennt Platon den Moses von Athen.«

»Das ist eine Irrlehre, Giovanni, und du weißt es. Sokrates wusste zumindest, dass er nichts weiß. Nicht einmal angesichts des Todes willst du deinen Geist vor dem Schöpfer beugen. Wissen macht hochmütig, Liebe erhebt. Ich flehe dich an, ich gebiete dir: Bete und bekehre dich.« Wie in Trance erhob er die Stimme, als beschwöre er eine Menschenmenge.

»Du weigerst dich zu diskutieren«, sagte Pico versöhnlich. »Hat Gott dem Menschen nicht den Verstand gegeben, damit er selbst denken und entscheiden kann?«

»In den Augen Gottes ist die Weisheit der Welt Torheit. Er hat dem Menschen den Glauben geschenkt, um ihn zu lehren, was er in seiner Not tun muss.«

»Denken und Glauben führen über verschiedene Wege zum selben Ziel. Das zu zeigen habe ich mich ein Leben lang bemüht.«

»Die Philosophie ist ein Umweg, und oft ist sie ein Irrweg. Erinnere dich an deine *Neunhundert Thesen*.«

»Stehst du nun auf der Seite meiner Feinde, Girolamo? Gibst du Rom Recht? Verleugnest du mich wie Judas?«

Beim Aussprechen dieser Worte begriff Pico, dass dieses Gespräch ebenso sinnlos war wie die Disputation, die er einst vor dem päpstlichen Gericht geführt hatte. Mit bitterer Wehmut dachte er an Lorenzo de' Medici, der wie Sokrates auf dem Totenbett mit seinen Freunden über die Unsterblichkeit der Seele gesprochen hatte. Wo blieben jetzt die Freunde von der Florentiner Akademie? Ihre Abwesenheit war ein Zeichen an der Wand. Vielleicht musste der Phoenix zuerst sterben, bevor er wieder auferstehen konnte.

Er senkte den Kopf und sagte: »Ich möchte beichten.« Der Prior machte ein Kreuzzeichen, und der Graf bekannte die Sünden seines Lebens. Er bekannte seinen Hochmut, der sich über seinen Nächsten erhaben gefühlt, er bekannte seine Habgier, die irdische Schätze gesammelt hatte, er bekannte die Unmäßigkeit seines Geistes, der alles wissen wollte, er bekannte seinen Zorn, der ihn gegen seine Gegner aufgehetzt hatte, er bekannte seine Trägheit, die seine Melancholie genährt hatte, und er bekannte schließlich die Wollust, die sein Fleisch bis gestern erregt hatte.

»Deine Sünden sind groß und zahlreich, mein Sohn«, sagte der Prior. »Sie sind so groß wie dein Geist. Aber Gottes Großmut ist größer. Lasst uns den Herrn um Vergebung deiner Sünden bitten.«

Sie beteten gemeinsam.

Schließlich sagte Pico: »Ich kann nicht mit Gott versöhnt sein, wenn ich nicht mit dir versöhnt bin. Unsere Namen, Giovanni und Girolamo, sind dazu geschaffen, zueinander zu finden. Ich bitte dich um Vergebung, wenn ich dich je gekränkt habe.«

»Ich vergebe dir, Giovanni. Vergib auch mir, wenn ich dich verletzt habe. Ich weiß, dass ich oftmals lieblos gewesen bin. Der Glaube ist eine göttliche Tugend, aber die Liebe ist größer.«

»Und die Hoffnung schenkt Leben.«

»Die Hoffnung schenkt Ewiges Leben, Giovanni.«

»Ich will noch nicht sterben, Girolamo. Mein Geist ist noch nicht bereit.«

»Mag sein, vielleicht muss er hier auf Erden noch für seinen Stolz büßen. Du weißt, was ich dich allzu oft gebeten habe, Giovanni. Willst du der Welt entsagen und das klösterliche Kleid anziehen? Der Augenblick der Entscheidung ist gekommen.«

Pico sah Savonarola in die Augen und sagte: »Lass mich zuerst mein Rätsel lösen.«

Der Kuss

Pico wurde am nächsten Morgen von der Sonne geweckt, die den Nebel in ein fast glasiges Licht auflöste. Er öffnete die Augen und sah verwundert seine gewandelte Umgebung. Als er das gemalte Kreuz an der Wand vor sich erkannte, erinnerte er sich, wie ihn zwei Ordensbrüder Savonarolas am gestrigen Tag auf einer Tragbahre nach San Marco gebracht hatten. Zunächst hatte er sich gegen diese Überführung gewehrt, aber schließlich zugegeben, dass er im Kloster leichter gepflegt werden konnte und die Gefahr, vergiftet zu werden, dort weniger groß war. Der triumphierende Prior sah in Picos Nachgeben einen ersten Schritt hin zu seinem Eintritt in den Dominikanerorden. In der vergangenen Nacht war die Pritsche heiß wie der Scheiterhaufen gewesen, den der Held Herkules in seinem vergifteten Hemd bestiegen hatte, um seine innerliche Glut mit einem äußerlichen Feuer zu löschen. Manchmal liefen Schauder durch seinen Körper, die seinen Herzschlag stocken ließen, dann wieder keuchte er, um das beklemmende Gefühl in seiner versengten Lunge zu lindern. So hatte der Menschensohn am Schandholz nach Atem gerungen. War das die Strafe des Himmels für seinen Irrglauben?

Als ihm einfiel, dass Poliziano unweit von hier in der Klosterkirche begraben lag, bat er den Vater, ihn in dieser letzten Stunde nicht zu verlassen, sondern sich seiner zu erbarmen, wie Er sich einst seines Sohnes erbarmt hatte. Wieder überlegte er, dass der Erlöser vor vierzehnhunderteinundsechzig Jahren am Kreuz gestorben war und so ein neues Zeitalter auf Erden eingeläutet hatte. Dieses Zeitalter ging in diesem Jahr zu Ende. Welche neue Zeit brach nun an?

Im Buch Exodus hatte der Herr in dem Tetragramm JHWH Moses seinen wahren Namen enthüllt. Das hebräische Wort wurde oft als »Ich bin« oder »der Seiende« übersetzt, aber Flavio Mitridate hatte Pico gelehrt, dass es eigentlich bedeutete: »Ich werde sein.« War dies ein Hinweis, dass Gott dereinst als Erlöser auf Erden erscheinen würde?

Dann wurde Giovanni bewusst, dass das Vier-Buchstaben-Wort noch einen weiteren, unorthodoxen Sinn enthielt. Wenn Gott der war, der sein würde, dann war Er nicht der Seiende, sondern der Werdende. Dann war Gott weder Aristoteles' Unbewegter Beweger noch Platons Kreislauf des Seins. Er war nur die Potenz der idealen Form, die Liebe, die in einer Welt voller Unordnung nach Vollendung verlangte: Er selbst war der chamäleonartige Mensch.

Die Apokatastasis war angebrochen. Die Rückkehr des Sohnes nach dem Umlauf des Großen Jahres brachte Genesung, Erneuerung und Wiedergeburt. Dies war die Zeit der Wiedereinsetzung von allem, was die Propheten prophezeit und der Apostel Petrus in Salomons Säulengang vorhergesagt hatten. Johannes (Giovanni) war offenbart worden, dass auf den ersten Himmel und die erste Erde ein neuer Himmel und eine neue Erde folgen würden, und dass unter den Menschen ein Gott wohnen würde, der sprach: »Siehe, ich mache alles neu.« Dieser neue Gott konnte nur der Mensch selbst sein.

»Ihr seid Götter«, sagte der zweiundachtzigste Psalm. Wenn Gott der Mensch war, dann war Er Mann und Frau. Noch waren die beiden getrennt, aber dereinst würde Evas Rippe wieder ihren Platz in Adams Seite einnehmen. In diesem Augenblick würden sie nicht nur im Körper, sondern auch im Geiste und in der Seele eins werden.

Der neue Tag brachte Giovanni neue Kräfte. Selbst seine Krankheit, erkannte er, war ein Symbol der Erneuerung. Wie der alte Phoenix würde er zu Asche verbrennen; wie der neue Phoenix würde er auferstehen. Fiebrig vor Verlangen wollte er Margherita seine baldige Genesung mitteilen. Den Krankenbruder, der bei ihm wachte, bat er, zu ihr nach Hause zu gehen, um zu melden, dass er nun in San Marco sei. In froher Spannung wartete er. Vielleicht hatte Savonarola Recht, und er musste der Welt entsagen. Und Margherita? Sie konnte mit ihm ins Kloster eintreten und Dominikanerin werden.

Während er dalag und wartete, dachte er an die wunderbare Erscheinung von vorgestern. Wie einst die Jungfrau Maria vor Bernhard von Clairvaux ihren Busen entblößt hatte, um den Heiligen mit ihrer himmlischen Milch zu nähren, so hatte sie ihn zum Leben erweckt und ihm zugeflüstert, dass er nicht sterben werde.

Die Hoffnung auf einen möglichen Sohn erinnerte ihn an seine eigene Geburt vor einunddreißig Jahren auf Schloss Mirandola. An diesem Tag, so hatte ihm Galeotto einst anvertraut, hatte jener mit eigenen Augen eine Feuerkugel gesehen, die unbeweglich über dem Zimmer hing, in dem seine Mutter in den Wehen lag. War dies ein Vorzeichen gewesen, wie der Stern von Bethlehem? Pico hatte einmal die geometrische Figur der Kugel als das Symbol des in sich selbst geschlossenen, vollkommenen Intellekts beschrieben: seines eigenen. Aber war diese aufblitzende Kugel nicht eher ein Bild seines ruhmreichen, aber kurzen Lebens?

Gestern, als er sein Haus verlassen musste, hatte er seine Diener einen nach dem anderen zu sich gerufen und sie um Verzeihung gebeten. Vor acht Jahren hatte er sie alle in seinem Testament bedacht. Der treue Cristoforo hatte ihn mit Tränen in den Augen umarmt und geschworen, er würde lieber selbst sterben, als seinen Herrn verlieren zu müssen. Als Casale zu ihm kam, beichtete er ihm, dass er das Geld vom Verkauf des Tafelsilbers zurückgehalten hatte. Er versprach bei seinem heiligen Schutzpatron, dem Frate das Geld noch zu geben, damit dieser für Picos Genesung Messen lesen lassen könnte.

Jemand war in die Zelle getreten. Giovanni schlug die Augen auf und erkannte seinen Neffen Alberto Pio, den Sohn seiner Schwester. Der junge Mann sagte, bei der Nachricht vom Ausbruch der Krankheit sei er sofort zu ihm geeilt.

»Was fehlt dir?«, fragte Pico leise.

»Giovanni«, erwiderte Alberto, »ich habe gerade mit dem Krankenbruder gesprochen. Er wagte es nicht, dir zu sagen, was er gehört hat.«

»Sag mir die Wahrheit, ich habe ein Recht darauf. Muss ich sterben?«

»Jeder muss sterben«, antwortete Alberto. »Aber es geht nicht um dich, es geht um Margherita. Der Krankenbruder ist, wie du ihn gebeten hattest, zu Margheritas Haus gegangen, aber er kam in ein Trauerhaus. Gestern hat sie ganz plötzlich ein heftiges Fieber überfallen, und sie ist schon heute Nacht gestorben.«

»Nein«, rief Pico heiser. »Das kann nicht wahr sein.«

»›Ein unerklärlicher Tod‹, sagte der Arzt.«

»Vergiftet«, flüsterte er, »ich hätte es wissen müssen.«

»Was soll ich tun, Giovanni?«

»Bete für mich, Alberto. Meine Seele wird es nötig haben, wenn sie im Fegefeuer brennt.«

Alberto versuchte, ihn zu trösten, aber Giovanni bedeutete ihm still, das Zimmer zu verlassen. Als er allein war, sah er nach oben. Vor ihm hing der gestorbene Sohn Gottes. Sein Vater hatte mit der himmlischen Allmacht von Donner und Zorn geherrscht. Der Sohn war dem Vater gefolgt: Durch ein Leben voller Hunger, Durst, Hitze, Kälte, Arbeit, Schwäche hatte er die Menschheit erlöst. Sein irdisches Reich hatte vierzehnhunderteinundsechzig Jahre gedauert. In diesem Jahr musste er sterben. Nach dem Vater und dem Sohn war die Zeit für den Geist angebrochen. Er würde kein Gott sein, sondern ein Mensch. Er war noch nicht da, aber Er würde sich selbst schaffen.

Während Giovanni auf das Gemälde starrte, trübte sich sein Blick, und ein anderes Bild schob sich vor seine Augen. In der Mitte erhob sich, aus dem Kreuzesholz, wie ein Traum die Frau, die er kannte. Im Fieberwahn rief er sie: »Mutter.« Er sah, wie sich ihre Lippen wie die einer Sibylle öffneten und seine heimlichen Gedanken in klare Worte übersetzten.

»Du hast dich geirrt, Giovanni, als du dachtest, dass von allen Todsünden allein die Trägheit kein Mordmotiv sein könne. Als dein Freund Angelo von der tödlichen Krankheit der Venus gequält wurde, sehnte er sich nach dem Tod. Um seinen Namen vor der Nachwelt unbefleckt zu bewahren, rief er auf seinem Totenbett unablässig: ›Hast du mich gefunden, mein Todfeind?‹ Es waren nicht seine Worte, sondern die Worte König Achabs zum Propheten Elias. Der Tod, den er gewählt hatte, entsprach seinem schwermütigen Geist. Er bat das Mädchen Maria, Gift aus der Stadt mitzubringen. Sie verabreichte es ihm, als sie zum letzten Mal beisammen waren. Aus Angst vor Entdeckung verließ sie mit ihrer Tante eilends das Haus. Sie fanden den Verwalter nicht in seinem Zimmer, denn dieser missbrauchte Polizianos Krankheit, um mit der Dienstmagd zu schlafen.«

»Am nächsten Tag kam ich zu Poliziano und küsste seine blauen Lippen«, murmelte Giovanni. »Deshalb bin ich nach seinem Tod einige Tage krank gewesen.«

»Siehst du meinen Schoß?«, fragte die Frau. »Er verrät, was damals geschehen ist. Als Marias Schwangerschaft sichtbar wurde, trank sie das restliche Gift. So starb sie im Lenz ihres Lebens.«

»Wie Chloris nach ihrer Schändung durch den blauen Windgott Zephyr starb und sich in die schwangere Flora verwandelte.«

»Als Poliziano Botticelli das Bildthema vorschlug, war er von den farbenfrohen Formen dieser Scheinwelt so geblendet, dass er die dunkle Seite hinter der Tafel vergaß.«

»Ist der Tod die Kehrseite der Liebe?«

»Du hattest Recht, als du zu Ficino sagtest, dass jede Wahrheit paradox sei. Der Ermordete war der Mörder.«

»Aber wer hat dann mich vergiftet?«

»Du hast dich selbst vergiftet, Giovanni.«

»Wie Poliziano?«

»Deine Krankheit nach dem Tod Polizianos hat jemanden auf die Idee gebracht, dich zu vergiften. Die Tropfen Acqua Toffana schwächten dein Sehvermögen. Aber du warst misstrauisch geworden durch das, was du für einen Mord hieltest, und hast so zu schnell entdeckt, dass dein Leben in Gefahr war. Durch dein Fasten konnte man dir kein weiteres Gift verabreichen. Da blieb nur noch ein Mittel.«

»Margherita.«

»In der Tat. Margherita wurde in dein Haus gelockt und trank ihren Giftbecher, einen Krug Wein. Sie tat, was sie tun musste, und gab dir mit ihren Lippen den unheilvollen Kuss.«

»Wer hat ihr den Wein gegeben?«

»Der Einzige, der wusste, was sie für dich bedeutet hat.«

»Cristoforo? Der Knecht ermordet den Herrn. Das wird Savonarola gefallen. Ich wusste es, als ich das Testament aufsetzte. Ich war zu jung, und er zu alt. Daher hat er die Zeiger der Uhr vorgedreht.«

»Du warst immer zu schnell, Giovanni, deshalb stirbst du auch jetzt schneller. Du hast gesagt, dass der Mensch sich selbst erschaffen könne, aber du hast vergessen, dass, wer sich selbst erschaffen hat, sich auch selbst vernichten kann.«

In diesem Augenblick begann Florenz unter Glockengeläut zu erzittern. Heute, am Montag, dem 17. November, im vierzehnhundertvierundneunzigsten Jahr nach der Menschwerdung, hielt König Karl VIII. von Frankreich mit Pfeifen und Trommeln seinen triumphalen Einzug in der Stadt der Lilien.

Beim Sprechen war das ernste Gesicht der Frau allmählich größer geworden. Giovanni sah ihre mandelförmigen Augen nun ganz nah und fühlte ihren Atem wie eine Frühlingsbrise über seine fiebrigen Lippen streifen. Während ihn ein unerträglicher Krampf in sein flammendes Nest niederdrückte, öffnete sich sein Mund dem Kuss des Todes.

Inhalt